CW00706403

COLLECTION FOLIO

Dominique Rolin

Journal
amoureux

Gallimard

© *Éditions Gallimard, 2000.*

Dominique Rolin est née à Bruxelles. Son premier roman, *Les marais*, lancé par Jean Cocteau et Max Jacob, paraît en 1942. Elle reçoit le prix Femina en 1952 pour *Le souffle*. Elle est élue en 1988 à l'Académie royale de Belgique, où elle succède à Marguerite Yourcenar en qualité de membre étranger.

1

Les chiffres ne nous ont jamais intéressés, Jim et moi. Nous avons su dès le départ, il y a quarante siècles, qu'il fallait se méfier de ces bestioles rusées, trompeuses, et souvent d'un rigorisme malfaisant.

Nous nous fions aux battements d'une horloge qui serait sidérale. Pas de cadran, pas d'aiguilles, pas de remontoir. Les heures tournent d'elles-mêmes sans avoir besoin de nous qui les avons pourtant inventées.

Temps doux ce soir au carrefour, sur la terrasse de notre café. Circulation calmée. La nuit déroule son rideau de scène à reflets moirés. Ancrés sur leurs patins à roulettes, des garçons et filles pressés traversent en diagonale, bras étendus, puissants, gracieux, avant de disparaître au croisement des boulevards.

Jim les a-t-il remarqués ? Sûrement oui. Rien ne lui échappe. Sans même y prêter attention, il absorbe et consomme les images pour les laisser couler en lui. Elles y seront chambrées comme les meilleurs vins de son pays. Il s'en servira tôt ou tard après un long travail de filtrage. C'est tout un art. C'est le secret bien gardé de son art personnel.

Il couvre de notes plusieurs feuillets de son carnet rouge. Sans lever la tête, il demande à quoi je pense.

À rien, comme d'habitude. Enfin, quand on dit « rien », c'est une façon sommaire de parler. Il y a de tout petits « riens » fugaces et sans intérêt. Il y a de grands « riens » qui accrochent.

Le carrefour est une arène sans bords diffusant la splendeur de mon « rien » aux disponibilités infinies. Où suis-je ? Qui suis-je ?

Ou, plus exactement : *quand* suis-je ?

N'importe où. Nulle part. Ici peut-être. Pourquoi pas autrefois ? Tout cela m'est proposé à travers les allées et venues du mot *maintenant* qui se profile en ombre chinoise sur fond d'arbres, d'immeubles et de ciel.

« À présent, dans un temps actuel », précise le dictionnaire, ajoutant « participe présent de *maintenir*, tenir la main, ne pas lâcher ».

On ne peut pas trouver meilleure définition à ce que Jim et moi avons désiré.

— On s'en va, dit-il en rangeant ses affaires.

Dès qu'il se met en marche, un léger coup

d'air soulève les pans de son imperméable tandis que le corps, compact et ramassé en avant, prend l'attitude d'un guetteur sur le qui-vive. Un ennemi potentiel peut surgir ici ou là à l'improviste, il est donc utile de rester vigilant sans en avoir l'air. Principe décontracté de surveillance.

Une femme sortie du parking d'à côté vient jusqu'à nous avec vivacité : il nous arrivait parfois de la croiser dans les circuits du travail, sans plus. Elle est gentille, élégante et plutôt belle, un peu plus sèche peut-être, et voilà qu'elle murmure sur un ton plaintif et désirant :

— Bonsoir les amoureux.

Nous l'attirons dans nos bras en tournant sur nous-mêmes comme pour une danse. « Quelle surprise ! Il faut absolument qu'on se revoie, oh oui oh oui, c'est promis, juré, on s'appelle, à très bientôt ! » Mais déjà, nous nous détachons d'elle à reculons, avons-nous réellement vu fixés sur nous ses beaux yeux dorés de chien triste ? Rien n'est moins sûr.

— *Journal amoureux*, que penses-tu de ce titre pour ton prochain livre ? dit Jim le lendemain matin en me quittant.

C'est l'homme qui trouve sans chercher. Il n'a pas besoin d'aimer une idée. Il est aimé par l'idée, elle a besoin de lui, il en fait ce qu'il veut, je suis toujours d'accord. Je me demande parfois

s'il se souvient des circonstances de notre première rencontre il y a de cela quarante siècles,
pardon, quarante ans, ou bien pour mieux affi-
ner encore mes calculs : quarante mois, quarante semaines, quarante jours, quarante heures,
quarante minutes, quarante secondes au cen-
tième près.

Il est évident qu'il n'a rien oublié, sa tête bien
ronde et bien dure abrite entre autres choses une
mémoire phénoménale. Pourtant jamais nous
n'évoquons ensemble nos souvenirs que nous
traitons plutôt comme des doublures de nous-
mêmes restées ultra-vivantes, par conséquent
libres, indépendantes, frôleuses, gaies.

Cela s'est passé en automne.

Un éditeur important — homme d'âge moyen
mais vieux de naissance — convie à déjeuner
chez lui à la campagne une poignée de compé-
tences littéraires dont il évalue l'utilité : il fignole
le lancement du premier roman d'un tout jeune
inconnu, pas encore vingt-deux ans, le mirage
enchanteur des prix de fin d'année est proche.

À table, on m'a placée à sa droite et je lui
raconte aussitôt le drame qui m'a brisée deux ans
plus tôt, la maladie et la mort de mon mari sculp-
teur et dessinateur. À force de traîner partout ce
feuilleton déchirant, il est devenu une séduisante
parure de malheur. Ça me va bien sans doute.

C'en est fini de moi, dis-je à mon voisin, je ne peux plus écrire, j'ai perdu mon armature.

Il secoue la tête avec une gravité insolente et se penche au plus près, voyons donc cette armature, il ravale un léger rire :

— Ah vous croyez ?

Il est grand, mince. Le regard est sombre. On sait peu de chose sur cet étrange oiseau. Naissance à Bordeaux, bourgeoisie riche, vit maintenant à Paris, interrompt de brillantes études universitaires, veut écrire, écrire à plein temps. Son livre fait du bruit déjà, soutenu avec enthousiasme par plusieurs hommes célèbres. Par ailleurs, le puritanisme rageur de certains palefreniers du cirque littéraire s'indigne : les « amours ancillaires » (disent-ils) d'un garçon de quinze ans et d'une servante espagnole sont scandaleusement privées d'intérêt, etc.

Les invités sont ramenés en ville, il pleut à verse, il fait froid, les parapluies sont noirs, dans le train qui m'emporte jusqu'à ma sinistre maison de campagne je pense à ce jeune homme aussi rieur que grave, mobile et frais, à son livre musical, profond, ciselé. Je cours me réfugier dans la petite bibliothèque au premier étage, elle me sert de nid, je m'étends sur le canapé en sanglotant. « Non, Ben, non », dis-je au chien qui cherche à me consoler, je n'ai plus personne au monde à part quelques bons amis ainsi qu'une poignée d'amants occasionnels : ceux-ci viennent de temps en temps m'y déshabiller : je n'aime ni leurs gymnastiques ni leurs discours, pour moi ils ne sont rien que de communs objets de curiosité.

Une petite fille du village danse et saute à cloche-pied autour de moi sur la pelouse en demandant pourquoi Martin n'est plus là.

Je réponds qu'il est mort. Elle se tord de rire en piétinant le gazon :

— C'est bien fait pour lui. Il n'avait qu'à pas être malade.

Vingt ans plus tard, j'ai appris qu'elle s'est pendue dans son jardin.

Celui que je nommerai beaucoup plus tard Jim (à cause de Joyce) m'a écrit : notre rencontre l'a rendu heureux, il souhaite me revoir, il précise qu'il n'aime pas les choses inabouties. Je lui plais. Il me plaît. Après tout, pourquoi pas ? *Plaire* est le tout premier mot codé d'une certaine clé d'ouverture : rien n'est possible sans elle. Premier rendez-vous fixé la semaine suivante dans un vieux café célèbre de Saint-Germain-des-Prés, proche du petit hôtel où j'ai mes habitudes. Heure creuse d'après-midi (« heure creuse », inexplicable merveille du langage) ; première stupeur de nous trouver face à face dans la grande salle vide et miroitante ; premier déclic mental : ce jeune homme dont je ne sais presque rien est un génie de la rapidité, ce que confirme le contenu ailé de son livre. Il lui suffit de trois minutes pour balayer l'immédiat, pour précéder les sauts de sa pensée, et peut-être aussi la mienne. Où s'est caché le monde ? On s'en fout, il n'y a plus de monde, simple constat d'une fausse réalité rieuse, fiable. Nous n'avons rien de spécial à *dire*, tout est à *faire*. Pour donner le change et sur un ton d'impatience amusée il m'offre deux ou trois morceaux choisis de sa ville d'enfance, un fleuve, l'océan, des vignes, ah oui, d'immenses champs de vignes, une île de vacances aussi, et je lui renvoie aussitôt un peu de mes anciens « moi ». Notre double récit ressemble aux rushes d'un film que nous chercherons, qui le sait, à monter par la suite. Et voilà que Jim le jeune consulte sa montre, se lève d'un coup, il doit se dépêcher, un autre rendez-vous l'attend chez son éditeur, il aime la ponctualité, vite il me raccompagne jusqu'au carrefour voisin. Alors il descend la marche du trottoir pour que nos visages se trouvent au même niveau, proches à se toucher, sans se toucher pourtant, il me scrute simplement avant d'articuler vite, vite mais avec précision :

— Vous savez, je suis quelqu'un de très bien.

Phrase d'une prétention inouïe ? Nullement. Ce jeune écrivain ne cherche rien de plus qu'à m'enseigner le goût de l'instantané, le temps est une valeur à massacrer sans cesse.

Hier soir pendant le dîner (il s'est mis torse nu, il fait trop chaud dans la grande pièce), il dit soudain avec une gravité sombre :

— Je n'ai jamais été petit. Je n'ai pas d'enfance. Je suis né adulte.

Ma fenêtre-accoudoir au cinquième étage de l'immeuble est une sorte de miroir à fonction double qui me renvoie en simultané le dehors et mon dedans, un « dehors » qui bouge et mon « dedans » qui sommeille et commente. Une femme promène son chien sur le trottoir d'en face, à peine plus gros qu'un œuf qu'on aurait couvert de poils ; avec une énergie folle il tire sur sa laisse, il a repéré une certaine odeur qui lui plaît, qu'il veut flairer à l'aise, mais la femme s'y oppose en cambrant les reins, je pourrais presque l'entendre grogner : « Tu ne l'auras pas, ton plaisir », et d'un coup sec elle ramasse la pauvre petite bête pour la nicher au creux de son bras. Sur le toit de l'hôtel désaffecté d'en face sont perchées deux corneilles. Le corps brusquement raidi et le bec grand ouvert elles crachent en cadences alternées un triple anathème avant de plonger de l'autre côté du champ de tuiles en déployant les noirs chiffons de leurs ailes. C'est à ces sorcières que je dois mon subit

16

bien-être, en fait elles n'ont jamais cessé de me suivre depuis ma plus lointaine enfance, il n'est pas exclu qu'elles ne commentent encore, à travers la méchanceté burlesque de leurs croassements, une petite phrase que je m'étais permis d'écrire un jour : « Quand donc cesserai-je d'être jeune ? » De tels mots sont d'une impudence et d'une imprudence folles, ce n'est pas douteux. Pourtant leur cohérence tient le coup. J'ai décidé de ne jamais les trahir. Ce n'est pas une question d'âge, il s'agit très simplement de se soumettre à un certain principe surnaturel qui me veut du bien.

Pourquoi la nature a-t-elle soumis l'animal humain à la calamité prétentieuse du mouvement ? Cela ressemble à l'instinct d'une fuite ininterrompue hors de soi-même, la volonté d'un arrachement, même catastrophique.

Bouger, c'est se détruire à petites doses.

Se mouvoir, c'est accepter l'horreur de la chute.

Explique-nous ça un peu.

Je refuse la fatalité de l'engloutissement. L'ignoble narcissisme de nos jambes en est l'instrument infatigable, j'en ai la conviction. Il m'a suffi d'un petit tour au carrefour d'à côté pour l'illustrer à merveille. Une femme accompagnée de ses enfants pousse un lit à roulettes sur lequel est mollement allongé le mari-père, corpulent gaillard joufflu. Son short coupé au ras des fesses exhibe le moignon des cuisses aussi rose et soyeux qu'une joue de bébé. Pas la moindre trace de cicatrice. Cet individu est donc né sans jambes à l'époque du drame de la thalidomide, ce qui n'a pas empêché ce tronc de chair solide et musclé de forniquer à son aise et fonder une petite famille. Craquante publicité vantant les délices d'un intégral repos. Les éternels angoissés que sont tous les écrivains, qu'ils soient nobles ou confidentiels, y trouveraient leur compte. Calmes, équilibrés, ces culs-de-jatte seraient d'authentiques engendreurs de chefs-d'œuvre.

Jim n'apprécie pas mon penchant pour les monstres. Je sais pourquoi : il n'a pas été secoué tout petit par les atrocités voluptueuses de Jérôme Bosch et Breughel. Comme les enfants Rolin, il n'a pas entraperçu dans une rue de Malines, là-haut dans le Nord, le visage d'une femme rongé par un cancer purulent, le cadavre ensanglanté d'un Christ peint par Rubens, quelques têtes de saints décapités reposant sur un plat d'or, les épouses assassinées de Barbe-Bleue découvertes dans une armoire, etc., et je me borne aujourd'hui à ne choisir qu'une fleur ou deux d'un sulfureux bouquet d'images afin de me purifier.

Chaque *maintenant* que je m'autorise à retoucher aujourd'hui recule à l'infini, celui-ci en abrite un autre, un autre encore, toujours plus éloigné bien que diaboliquement désiré. Désiré est le mot exact. L'infini est un aimant qui ne cesse de s'ouvrir sur une succession d'impalpables coups de foudre. Les quelques visions qui viennent de me traverser par accident n'ont exigé aucun effort de ma part. Jim et moi nous nous revoyons souvent depuis le premier rendez-vous dans le café désert. Il y a des prétextes tout bêtes : un peu de cinéma, du théâtre, les musées, le jardin du Luxembourg, les Tuileries. L'isolement, un certain équilibre aussi dont nous aurons besoin s'il faut poursuivre. Hésitation, panique et ravissement de mon côté. Du sien : tactique de conquête guerrière.

— Ah vous vous laissez faire la cour par ce très beau garçon ?

Un vieil ami intelligent mais bredouilleur (du temps de Martin) paraît contrarié, cela se voit au léger retroussis de ses narines, il est curieux, tendu, inquiet, « vous êtes notre Dominique à nous, n'est-ce pas, et mieux encore depuis votre grand malheur, ne guérissez pas trop vite, ma très chère, nous avons besoin de vous aider longtemps encore, aussi nous vous supplions d'écarter les pièges de l'oubli ».

Les circuits démolisseurs ne perdent pas l'occasion de m'envoyer de discrets signaux avertisseurs. « Voyons ! ce garçon est beaucoup trop jeune pour toi, insouciante enfant gâtée… Apprends plutôt à mourir jour après jour et nerf à nerf avant de rejoindre ce Martin qui t'aimait tant. Prudence, résignation et sacrifice en attendant ! »

J'ai préféré les risques : Jim est resté une clandestine révélation magnétique. Nous avons évincé les chausse-trapes du présent de l'indicatif, des passés définis ringards, plus-que-parfaits maniérés, subjonctifs violeurs, imparfaits obséquieux, futurs antérieurs dévots.

Écrire est à la fois un certain rire et un certain cri.

Assis à mon bureau, Jim travaille.

Son écriture est fluide, serrée, linéaire, finement musclée.

Il s'arrête de temps en temps.

La main droite levée semble attendre le signal d'un ordre précis, et c'est exactement cela.

Le regard de l'homme se fait vacant comme pour mieux capter la source d'une idée enfouie dans la profondeur, informelle, et se préparant à luire.

Ce n'est pas si mal après tout mais il faut aller plus loin.

Il faut capter la lueur avant de la fixer sur le papier sous forme de mots, de phrases que cadence la ponctuation. Vrai travail d'Hercule, un Hercule paisible en apparence.

Le front et la mâchoire, creusés jusqu'ici par l'effort, brusquement se détendent.

Voilà. Ça vient. Ouf. Ça y est. *C'est.*

Comment un tel tour de passe-passe abstrait-concret a-t-il pu se produire ?

On n'en sait rien du tout.

On n'a pas envie de savoir.

Simplement ceci : un miracle intérieur d'origine énigmatique a pris par la nuque l'homme au stylo.

La main droite obéit. Elle reprend sa course frémissante et bleue.

Sous les paupières pudiquement baissées, le regard de l'homme au stylo a cessé d'être humain, la pensée a le droit de pleuvoir dans sa plénitude contrôlée.

Les mots s'alignent sur le papier à toute vitesse.

Enfin l'homme se redresse, vidé de lui-même, heureux d'avoir échappé à son trou visionnaire.

Il se tourne vers moi, un peu surpris, comme s'il me voyait pour la première fois.

Le jeune Jim, un soir après un bon dîner, me raccompagne jusqu'au seuil de mon petit hôtel. Avec un aplomb tranquille il m'annonce :

— Je vous aime.

Ajoutant très vite :

— Je t'aime.

Rien de solennel dans sa déclaration. Le ton est sûr, patient, calme. Le mot *quand* brûle malgré tout depuis un certain temps au fond des yeux.

Tout se passe ensuite avec une fraîcheur logique. Ma chambre au troisième étage est minuscule, minable, mais propre. La fenêtre s'ouvre sur le puits de la cour. Les échos d'une musique de bastringue montent jusqu'à nous. Le beau jeune homme tout nu n'apprécie pas mon décor. Il va falloir trouver autre chose. L'essentiel a eu lieu : nous sommes passés à l'acte.

Un lecteur : voulez-vous développer s'il vous plaît ?

L'acte. Point.

Le lecteur étonné, surpris, agacé : ayez l'obligeance de nous raconter l'acte.

Ah je vois ! Vous attendez des zip et des zap, des chlik et des chlak ? Eh bien, vous n'en aurez pas, quitte à vous décevoir. L'auteur voit sec.

Le lecteur se détourne : il ne lira pas ce roman.

Vagabonder tard dans la nuit à côté d'un homme dont on ignorait l'existence deux mois plus tôt a l'étrangeté d'un voyage intérieur. Voilà : la ville est un corps et une âme à visiter, à explorer, et cela fait peur. Apprendre le corps et l'âme du jeune Jim au long des boulevards, des avenues, des places, en m'arrêtant ici ou là, quelle aventure, même s'il m'a dit tout haut et très nettement qu'il m'aime. Je le suis partout malgré mes stupeurs et mes inquiétudes, et tous les quartiers inconnus que nous traversons se transforment à mesure en porteurs de joie, pour le moment c'est cela seul qui compte. Être aimée, *aimée* vraiment comme je l'étais à l'époque de Martin, on verra ça plus tard. Les enjambées de Jim sont d'une fermeté, d'une envergure et j'oserai même dire d'une intelligence qui m'épatent. Je trotte. Il galope. Il est né meneur de jeu, les jeux de l'amour et du hasard. Il est né pour la synthèse, tout est là. Il dit aussi : « Je n'aime pas les sentiments que j'inspire. »

J'ai balancé sans explication — et du jour au lendemain — mes quelques amants occasionnels, je dirais plutôt des coucheurs : leurs gymnastiques, leurs peaux, leurs discours ne me touchaient en rien, ils m'aidaient uniquement à flotter à fleur de vie. En bons déménageurs professionnels, ils laissent derrière eux place nette. Bye-bye, messieurs, vous êtes oubliés pour toujours, vous irez jouir ailleurs, ils sont d'accord, du reste.

Paris est désormais un réseau cataleptique d'orientations surréelles où il fait bon se perdre. Pour mieux m'embrasser, Jim me renverse sur le capot des voitures garées au long des trottoirs. Les passants sont peut-être choqués, tant pis pour eux, nous effaçons leurs fantômes.

Un certain soir il m'entraîne jusqu'au centre le plus obscur, le plus suspect mais le plus chaud de notre ville d'amour. Jim semble connaître à fond l'hôtel de passe qui nous accueille, est-ce que je rêverais ? mais non je ne rêve pas, l'escalier à rampe de cuivre est tapissé de moquette rouge, sur chaque palier sont pliés avec soin des couvre-lits satinés, on nous ouvre une porte, nous sommes pendant quelques heures les seigneurs brevetés de ce lieu magique, mon Dieu que les draps s'enroulent et se déroulent avec talent autour de nos corps si frais, le temps ruisselle et nous emporte jusqu'au grand jour, une servante noire rieuse et noble comme une truie dépose entre nous le plateau du petit déjeuner fumant, on nous prévient qu'il est midi, qu'il faut partir. Déjà ? mais oui, le tarif est le tarif, c'est indiscutable, donc nous ne discutons pas, nous voici rejetés dans le flux d'un dehors ensoleillé, me voici replongée dans mes vieilles terreurs, ne devrais-je pas mettre sur mon visage un peu mûr une voilette ? Mon compagnon éclate d'un grand rire silencieux, un rire de luxe qui n'appartient qu'à lui, un rire de défi, un rire d'expert.

« Je te bois », me dira-t-il quelques jours plus tard lors d'un repas-spectacle au Catalan dont il est habitué. La scène vibre sous les talons des danseuses, reins cambrés, châles et jupons tourbillonnants, chignons fleuris, mentons dédaigneux, soudain Jim rejoint d'un bond l'une d'elles pour lui parler à l'oreille, est-ce une sœur de la Concha de son livre ? ah Dominique, Dominique, pauvre innocente, dans quel traquenard t'es-tu laissé prendre ? ah, Dominique, pourquoi manquer de foi à ce point !

Le lendemain le jeune homme, si beau, déjà célèbre, sûr de lui, m'emmène dans sa chambre d'étudiant, immeuble cossu d'un boulevard planté d'arbres cossus, l'air y est également cossu, et nous voici enfermés dans le repaire du grand écrivain qu'il sera plus tard, mais après tout va très vite. Si je me retourne vers les débuts de nos quarante siècles, l'épaisseur d'une simple cloison nous en sépare, pas plus. Le bureau, calé contre une fenêtre ouverte sur une cour spacieuse et calme, une masse de livres et de cahiers qui travaillent même quand Jim est absent, la cheminée où s'alignent ses objets fétiches — quarante siècles après ils le sont restés —, un haut miroir qui les reflète, ici et là quelques photos, rangés

dans un coin des disques, bref l'ensemble, rigou-
reusement et sensuellement ordonné, évoque
l'image d'un beau rectangle d'esprit voulu par
son occupant : il met en route un disque de jazz,
me couche sur son étroit divan, s'allonge sur moi,
nos pieds jouent ensemble, nos bouches restent
appliquées l'une à l'autre car Jim fredonne en
mineur la mélodie fantasque du musicien. Ah la
musique, la musique, pour la première fois je
découvre qu'elle est également vision, toucher,
parfum, souffle, et qu'elle irrigue mon sang.

Aimer Jim, c'est par conséquent (et peut-être
avant tout) prêter l'oreille. En bas dans la cour,
quelqu'un rit. Mon amoureux semble guetter
l'apparition de quelque chose du côté de la
fenêtre. Et c'est vrai. La fée du silence entre au vol
afin de nous recouvrir.

Il est indispensable de préserver la fraîcheur de
certains souvenirs. À l'occasion il est permis de les
allumer ou de les éteindre, simple question
d'intuition atmosphérique. Ou bien de les
déplacer comme des galaxies d'étoiles filant au
fond de très vieux ciels. Ceux-ci jouent entre eux
librement : mon crâne est un bénitier, mon crâne
est leur bénédiction.

Ma page du jour est faite.

Je la foutrai en l'air demain matin pour la recommencer. Je suis un forçat librement condamné à perpétuité pour un crime commis avec préméditation : je l'aime, ce crime, je le respecte, dès le début il m'a gratifiée. Dans le couloir de la mort j'attends avec délice le jour de mon exécution. Un monstrueux gardien de moralité ne cesse de me souffler heure après heure, minute à minute : *tu dois.* Que veut dire par là ce vieux cochon ? Rien d'autre que ceci : mener jusqu'à son terme la construction de mon palais de contradictions orgueilleuses. Par conséquent, je l'adore aussi.

— Tu te sens bien ?

Ma fatigue inquiète Jim, il me rassure, pourquoi ? parce qu'il est secondé par un monstre de moralité doublant le mien. Mais comme il est mille fois plus fort et plus lucide que moi, femme inquiète, rusée et volontiers gémissante, il résiste aux attaques de son démon privé. Il sait le mater au jour le jour sans y perdre une plume.

Surprise agréable tôt ce matin : la page écrite la veille semble avoir tenu le coup. Elle ne s'est pas dégradée d'elle-même pendant mes heures de sommeil comme c'est souvent le cas, elle est restée lisse au lieu de me présenter une sorte de rectangle en fils de fer barbelés. Champs de mots, de phrases, de paragraphes à retravailler de *a* à *z*, ce qui me met la tête en sang et me déchire la main. Ma fatigue alors est si éprouvante que je suis au bord de tout abandonner.

Halte ! abandonner, oses-tu dire ?

Moi, renoncer ?

Arrière, démon furieux, démon stupide !

Renoncer. Pas pour tout l'or du monde, tu m'entends ? Le salaud m'entend. Il sait que tout l'or du monde est caché dans mon sac.

L'or du monde, c'est Jim, point de départ et point final. Inutile de chercher ailleurs.

Mon rapport avec ce fantoche encombrant appelé Lady Mémoire dans mon livre précédent a changé de cap du jour au lendemain.

Je la détestais cordialement déjà depuis un certain temps : j'avais flairé ses fausses exigences. Mon roman m'avait donc permis de l'étrangler à mort au pied d'un arbre à l'entrée du bois de la Cambre. Aujourd'hui je sais que j'ai le droit de me flatter d'avoir commis ce crime, lequel est en fait un acte d'héroïsme. Je me suis débarrassée d'une mégère qui me bourrait le corps et l'esprit de ce qu'on nomme d'ordinaire la montagne de nos souvenirs. J'étais enceinte d'eux sans parvenir à m'en libérer. Ils m'asphyxiaient. Alors maintenant je sévis. Jim le vivant, Jim le joyeux, Jim qui n'en finit pas de me modeler a pris mes souvenirs à son compte, tous indistinctement. Il est mon assumeur. Grâce à lui, mon parcours entier s'est fait horizontal. Je peux le comparer à une immense échelle posée dès ma naissance sur le Temps majuscule. J'ai un faible pour l'horizontalité. S'il m'arrive d'être accrochée au passage par tel ou tel échelon, je m'y arrête un instant pour l'examiner de près, le toucher si nécessaire, vérifier sa solidité, je fais cela en toute liberté. Il m'arrive aussi de procéder par bonds en avant ou en arrière, c'est selon le degré de mes désirs.

2

Le parcours de l'existence est un toboggan lancé à toute allure qui parfois ralentit on ignore pourquoi.

Maison et parc vendus pour une bouchée de pain : une signature suffit à biffer quatre ans d'un bonheur coupable de n'avoir pas su vivre. Aucun regret. Je n'ai jamais rien regretté.

D'ailleurs Jim déteste ces lieux pourris de végétations parasitaires. Dernier week-end avant mon installation à Paris. Il déteste aussi Ben le chien. Enfermé dans le petit bureau du rez-de-chaussée, il travaille à son nouveau livre. Dernier tour à travers le parc. La longue allée des marronniers aux ombrelles d'or nous mène jusqu'à la gloriette étouffée par un buisson d'asters, fleurs de deuil. Soudain le ciel se creuse au centre du ballet tournant des nuages. J'y vois surgir une figure d'homme couchée en apesanteur, mûr et lourd, qui tend le bras vers un autre homme, mince et très jeune, allongé lui aussi mais plus bas. L'index du vieux Martin touche celui de Jim. Ce double geste semble exprimer « je te la donne » et « je la prends ». Michel-Ange en personne nous envoie cette image depuis le plafond de la Sixtine, pas de doute.

L'orage éclate alors avec violence.

Nous regagnons la maison en courant. Nous sommes heureux. La pluie cesse. La nuit tombe. Jim file au volant de sa petite voiture bleue, à bientôt ! à bientôt !

Les déménageurs entassent mes biens sur la pelouse avant de les embarquer. Ben s'y est couché, il tremble, il gémit, il a compris que je l'abandonne, nous souffrons, un massacre soigneusement fignolé s'achève, je monte à bord du camion bourré, quelqu'un de consciencieux referme les grilles noires, voilà, nous démarrons, adieu maison que la mort a maudite, adieu le chien que j'aime, adieu mes beaux arbres, adieu mon ancien *moi*, je te bannis pour toujours, je t'arrache de la gorge de mon *moi* nouveau, j'ai craché mes larmes, à partir de maintenant je suis une femme à part entière, c'est-à-dire présente et future. Je tue jusqu'aux racines la nostalgie et ses tentations.

Synthèse en éclair de mes quarante siècles nouveaux. C'est court, la vie. Pourquoi ?

Léger choc de l'ascenseur qui s'arrête à l'étage. Jim. Sa clé tournant dans ma serrure.

Dès que Jim se déplace, ample, vif et léger comme un coup de vent, à la limite on s'étonnerait qu'il ne soit pas muni d'une paire d'ailes. A-t-il changé tout au long de nos quarante siècles ? Pas vraiment. Certains détails pourraient le laisser croire : les cheveux sont devenus gris d'argent en très peu de temps, une violente continuité d'effort dans les jeux de la pensée ont tracé sur le front un beau grimoire, alors que la bouche et le menton se sont maintenus dans leur fraîcheur. Cela tient sans doute à l'éclat de la peau, voile ensoleillant les traits et ne cessant de les mouler dans les variations de la lumière.

Et quand il me déclare qu'il n'a jamais été un enfant, qu'il est né adulte en direct, il ne se trompe qu'à peine : en fait, cette enfance qu'il n'a pas voulu ou pu fixer dans son temps, il a pris le soin de l'emporter avec lui à la façon d'un bagage dont il pressentait peut-être l'utilité future. Ce qui s'est révélé exact, le seul fait de l'observer quand il ouvre la bouche pour manger, rire, fredonner un petit air mélodique, se durcir aux moments des colères rentrées qu'il a le don de maîtriser, signifie que cet homme-là sait vouloir.

Mais non, je ne déraille pas, messieurs les grinceurs de dents, messieurs les crispeurs de mâchoires, messieurs les fronceurs de sourcils et pinceurs de lèvres, par-dessus tout messieurs les ricaneurs.

J'ai la tête aussi froide qu'une boule de glace et de calme lucidité.

Ne grognez pas trop vite. Jim entre et se débarrasse de son « dehors » pour plonger plus rapidement dans notre « dedans » fin prêt.

Il met du temps à choisir un disque. Nous y sommes. La musique explose en tourbillons.

Je pose les plats sur la table.

Il faut le savoir en priorité : la musique est la sœur jumelle de Jim, l'ombre de son âme, une sorte de témoin perpétuel. Où qu'il aille et d'où qu'il vienne, la musique est là pour le précéder ou le suivre. Sa mission consiste à inonder le travail, molécule à molécule, état par état, rythme à rythme. Elle ne sera jamais déçue : la surprise et l'éblouissement sont là.

Jim a ouvert la bouteille de bordeaux qu'il apporte une fois par semaine. Il en chauffe le col arrondi comme s'il s'agissait d'une femme. Il en apprivoise le sang dormeur et lui met des baisers (voici l'enfant, soudain). Nos verres se choquent et se vident. Une certaine alchimie entre amour musique et vin compose à notre insu une substance aussi complexe qu'intime.

La fusion de nos cinq sens vient de se radicaliser. Laissons-la se développer à l'aise. L'ouïe, la vue, le goût, l'odorat, le toucher se sont méta-morphosés en outils de travail.

Le vin chauffant nos gorges est une soie pré-cieuse caressée cette après-midi dans la boutique en bas de chez moi, mon parfum, les saveurs dans nos assiettes, et puis Jim et moi toujours attablés, silencieux, attentifs, continuant d'écrire au fond d'eux-mêmes.

Jim approuve tout de suite l'appartement d'ici où j'emménage : l'escalier intérieur, les murs fraîchement repeints, nouveau décor.

Il a failli sortir brisé des horreurs du service militaire. Son ami Pierre, son unique ami est mort pendant la guerre de là-bas. Il ne s'en remet pas. Il s'en remet, car il est fort. Des hommes puissants sont intervenus à temps pour le libérer.

De son côté, il s'installe dans son propre inté-rieur au sud de la ville. Un *intérieur.* Magie du terme quand il s'agit d'un écrivain.

Tout va très vite comme il se doit : la vie est une immense œuvre théâtrale incessamment coupée d'entractes secs, et d'une brève utilité. Je saute par-dessus, je me comporte en sur-volante quali-fiée.

L'éditeur vieux de naissance a compris, mal-gré ses réticences, l'ampleur du phénomène Jim et, déjà, son envergure. Il l'engage dans son entreprise bien que personne ne lui ait forcé la main. Le destin, la prédestination sont là pour agir. Jim se voit confier la direction d'une revue littéraire avec son équipe de collaborateurs. Mais, mais, ce qui dès le début inquiète les foules, c'est que ces enfants mûrs sont animés par le même esprit subversif. Ils sont d'accord entre eux pour lever le poing. Combattre le puissant univers des comportements frileux. Trop tard pour tirer le signal d'alarme. Le mal est fait, c'est-à-dire le Bien. Au fond des bureaux naphtalinés naît une rumeur d'hostilité de plus en plus grondante. Elle monte autour de Jim qui en devient la cible, naturelle mais de plus en plus musclée. Elle ronfle. Elle éclate ouvertement. C'est désormais la haine. « Ah mes amis, clament les chefs, quelle erreur d'avoir admis ce loup dans notre bergerie ! Seule solution avant de sombrer dans le désastre : unissons nos forces pour démolir ce prétentieux garnement. Nous lui apprendrons que nous sommes les gardiens du phare de la sagesse et de la spiritualité ! Nous abattrons à mort ce "petit tyranneau, ce blouson noir, ce blanc-bec !". En attendant, soyons habiles, soyons rusés, faisons parfois semblant de lui caresser le front à distance, il n'y verra que du feu. Ce fameux Jim l'imposteur emmène de temps en temps sa bande au café du coin, hé-hé, laissons-les rire ensemble devant une petite bière, voyez comme ils sont touchants, il faut bien que jeunesse se passe dit-on. Contentons-nous d'ouvrir l'œil sur ces têtes échauffées produisant trimestre après trimestre quelques textes abscons, fumées de vantardises.

Et pourtant, pourtant, l'improbable, disons même l'impossible a lieu. Morne stupeur.

Le second livre de Jim paraît. Ça fait du bruit.

Le troisième livre de Jim paraît. Ça fait du bruit.

Jim s'est révélé comme un allumeur tenace de scandales où flambent les contradictions.

On assure ici qu'il est nul.

On assure là qu'il est un grand écrivain jouant aux quilles. Quelle foire !

Alerte au feu. Fuyons.

Là où passe Jim, général d'une armée secrète, tout se met à flamber, le sang des blessés gicle et se répand, se ramifie, explose. Il y a des morts, morts, morts, répond l'écho.

Mais c'est qu'il commence à faire peur, le gaillard ! Sauve qui peut.

Un front de fantoches à cerveau pensant se rassemble à l'écart pour comploter. Idée fixe : la haine est un produit survitaminé dont on doit se servir. Comment se débarrasser vite de ce garçon muni d'armes de poing et d'esprit ? Comment mettre knock-out au premier round ce corps de libertin joyeux ? Tout le problème est là, non ?

Et de plus, hin-hin-hin, qu'avons-nous appris ? C'est qu'un flirt le lie à une certaine romancière plus que mûre, son aînée de vingt-quatre ans, oh vous êtes sûr ? oui, vingt-quatre, une joyeuse veuve éplorée, laquelle (assure la rumeur) a la fâcheuse réputation de lever la cuisse pour un oui ou pour un non avec le premier venu. Par-faite-ment : un des nôtres le confirme. Il a vu le couple assis sur un banc dans un parc. Le garçon caressait le cou de la femme, sa gorge, ses bras, oui-oui, sans pudeur. Et même, il lui mettait un doigt dans le nez pour la taquiner, ah non non, là les potins dépassent la mesure, pas du tout, le témoin est un policier de première catégorie : on peut lui faire confiance. Jusqu'où peut aller ce feuilleton ridicule ? il est permis de se poser la question, d'autant plus que cette romancière se pâmait de rire dans les bras du luron.

Shame, shame, shame, comme dit le refrain d'une chanson.

Nous, les chefs, sommes responsables de la situation. Notre devoir est de vider notre sac de ressentiments avant qu'il ne soit trop tard.

C'est l'évidence même, ce Jim (dont le talent ne peut que s'essouffler bientôt) menace les conventions sacrées de la communauté. La preuve ? Le corps de ce jeune homme, oui, son corps, pouah, s'adonne aux plaisirs de la chair, c'est de notoriété publique. Déjà son premier livre en témoigne. La femme est un produit qui l'obsède. Il s'en sert sans vergogne. Toutes y passent, qu'elles soient entrevues par hasard ou non : dactylos, secrétaires, bourgeoises riches ou pauvres, mondaines, journalistes, étudiantes, boulangères, coiffeuses, téléphonistes, épicières, etc., on n'en finirait pas de les énumérer. Observons simplement qu'il centre davantage ses appétits sur les créatures de condition modeste et d'un certain âge (les très jeunes filles ne l'intéressent pas, heureusement !). Il les préfère bien molles et bien grasses, et surtout consentantes. Ce n'est pas ça qui manque, n'est-ce pas ? Vous voyez les dégâts ?

Je suis naïve au point de ne pas y voir très clair dans ce problème, je suis bornée de naissance et par éducation. La jalousie me ronge, et je souffre mille morts. Jim est un dieu de la liberté, donc du libertinage. Les deux mots se confondent. Il est avide. Il est gourmand. Il se conduit comme une sorte d'elfe au sang joyeux. Rien ne l'arrête. Je l'interroge. Il a le génie du silence. Je pleure, je tremble, j'essaie de le coincer. Je ne saurai rien, rien, il restera le maître du jeu.

Un certain soir, événement. Il me propose un tour du côté des centres nerveux de la ville, à l'ombre des vieilles gares si belles dans l'obscurité. Jim connaît par cœur le tremblement excité de l'air circulant autour des filles dites de joie. Elles nous entraînent au bout d'une rue morose, leur intérieur calfeutré va nous servir de théâtre. Magie douce, rideaux épais, coussins, bibelots, guéridons, que c'est beau tout ça, comme elles sont gentilles en nous servant un verre de porto, ces petites saintes aux chairs douillettes. « Tu es belle », me dit la plus vieille parfumée à l'iris, une vraie fée, elle m'emporte au sommet de moi-même tandis que Jim travaille l'autre dans les draps de folie douce, il se meut, il se meurt, il prend ma main, voilà, tout se termine déjà, quel dommage, que c'est joli cette façon d'entrer dans la mort sans quitter la vie, tel devrait être notre trajet ici-bas, aucun risque à courir, pas d'espoir, pas de regret, rien qu'un plaisir tout rond, strict et bref. Je n'ai pas perdu une miette du spectacle et cela est d'une grande impor-tance : les moindres nuances modifiant la phy-sionomie de Jim au cours de ce numéro payant, mais peu cher en somme, continuent aujour-d'hui encore à me ravir.

Même expérience par la suite dans d'autres quartiers de la ville, avec toujours le sentiment d'un acte de pureté sans limites, nos corps enfin ouverts à l'angélisme le plus tranchant. Merci, Jim.

Ne pas oublier celle que nous avons fait monter ici après une soirée plus sérieuse encore et plus muette que d'habitude, une chatte noire au cou de girafe, je la vois tomber sur mon tapis mêlé d'animaux et de fleurs, bras et jambes écartés, pendant que nous nous occupons d'elle qui s'occupe de nous, je note et note à l'envers de mon front image par image sa façon de bouger, ses dents brillant dans la pénombre (nous avons éteint les lampes), l'os pointu de ses hanches, ses grâces de cétacé mal nourri. Il n'y a rien de plus beau au monde, vite fait bien fait, a-t-elle choisi la porte ou la fenêtre pour disparaître ?

Lecture du roman tord-boyaux de Jim. Je n'en sortirai pas indemne : qui donc en sortirait indemne ? Chaque fois que nous dînons au restaurant d'à côté, je vérifie la question : elle garde son mystère, il n'y aura pas de réponse, il suffit de regarder. Le magma femelle reflété par les murs miroitants de la grande salle, rires, gloussements, doigts et cous endiamantés, museau verni des souliers sous la retombée des nappes, même accompagnées d'un homme elles sont diaboliquement seules, tels sont leur aveu, leur parti pris, une confession dramatique. De quoi peuvent s'entretenir ensemble ces tablées d'entrailles ? Une sorte de grondement matriarcal universel sourd de tout en bas, remontant aux ténèbres des origines. Elles *causent*. Le bébé qu'elles ont eu ou qu'elles souhaitent, oh maman-maman gémit le futur homme chassé de leurs entrejambes aux collants soyeux, pourquoi quitter si vite le berceau de ton ventre ? laisse-nous en profiter encore. Le fœtus, gloup, est expulsé de force et le voilà médecin, avocat, ministre, voyou, clochard, cordonnier, mafieux, spationaute, charcutier, officier de marine, électricien, curé, fou, mendiant, président de la République. Ces futurs adultes à peine échappés au drame de la gestation, dépassés par les événements, sont précocement en retard au théâtral rendez-vous de la mise au monde. Déjà maman gronde et boude, il agit mal ce fiston, mais le fiston finit toujours par baiser la main de maman avec respect et reconnaissance.

Jim et moi, repus dans tous les sens du terme, nous nous préparons à sortir du bruyant aquarium, bonsoir monsieur, bonsoir madame, bonne fin de soirée.

Sabre aplati de la porte-tambour, il faut aller vite pour éviter d'être fessés par les battants.

Pause brève sur le trottoir. L'air du dehors agit puissamment. Jim allume son cigare avec une application voluptueuse.

Boulevard tiédi par un soleil de printemps.

Boulevard d'hiver, arbres nus mouillés, vent, voitures, corps endormi de l'église.

Boulevard d'été, ciel d'or gris, poussière dorée, personne, personne, taxis.

Boulevard d'automne obliquement cinglé par la pluie, voitures, voitures.

Jim a calé mon bras sous le sien. Nous aussi nous venons de naître et nous rentrons à la maison.

Quelques passants ont identifié Jim, léger tremblement électrisé des regards (c'est lui, c'est lui). Jim est content. Jim s'en fout.

Nous nous couchons. Nous nous touchons. Maintenant nous en sommes sûrs, nous ne mourrons jamais. Nous avons triomphé du scandaleux raz de marée des dilapidations. Nous sommes libres d'entasser nos joyaux personnels. Chut ! Prudence. Surtout n'en parler à personne. Parler, c'est se vendre. Parler, c'est trahir. Parler, c'est la honte.

Jim est parti très tôt ce matin : il a son texte à terminer avant midi.

Jim débarque ce soir comme d'habitude. Il caresse mon visage. Pendant le dîner, nous nous mangeons distraitement des yeux. Ils ont bon goût, nos yeux. Le vin est bu dans le plus grand silence pour laisser toute la place à la musique. C'est raffiné. C'est drôle. C'est grandiose. Soupir, qu'est-ce qu'une année sinon le volume infini d'une pincée de secondes ?

Le *maintenant* de nos premiers siècles est baigné par un printemps d'une précocité exceptionnelle. Un lacis de routes verdoyantes nous mène jusqu'au pays de Jim, là-bas dans le Sud à proximité de l'océan. Il y est né. Il s'y est *fait*. Il m'a raconté quelques petites choses sur Concha, cœur battant de son premier livre. Il parle d'elle par touches délicates mais brûlantes à la façon d'un peintre promenant son pinceau sur la toile. Luxe profond de sa maison d'enfance dont le parc et l'usine sont protégés par de hauts murs. On y sent partout la cire et le linge frais, des fruits mûrs, il y a quelque part une réserve de grands vins.

Bien que Concha ait disparu depuis longtemps, son odeur y flotte encore grâce à la pensée de Jim. L'odeur de certains absents résiste au temps, robe noire et tablier blanc, fière, brune et belle, apportant un plateau, argent et cristal qu'elle pose sur la table basse. Elle monte et descend l'escalier de marbre blanc, ouvre des portes, sort dans le parc pour s'y enfoncer. Son tout jeune amant y guette son arrivée derrière un buisson. Ils se touchent, ils sont heureux, il est inquiet, elle rit, il la questionne, elle ment, elle le trahit, elle sort de sa vie sans donner d'explications.

Qu'est-elle devenue ?

Il n'en sait rien.

Serait-elle morte ? Pourquoi, pourquoi serait-elle morte ?

Pas loin, la maison de vacances sur l'île.

La mère de Jim est belle, ces deux complices se ressemblent, s'aiment et se combattent en silence. Tout en cousant elle m'observe, que fait ici cette

44

romancière, chercherait-elle à me voler mon fils, mon fils ?, pense-t-elle en redressant le buste. Elle casse le fil d'un coup de dents, ses yeux bicolores scintillent, à table Jim renverse un carafon de vin, « je ne casse jamais, je renverse », dit-il, nous rions, ce rire en commun est inoubliable. La plage est soyeuse sous un ciel profond et frais, nous nous endormons, Jim et moi, à l'ombre pointilliste des pins noirs, nos bouches ont pris un goût de sel, le printemps est fou cette année, sans hâte nous apprenons le sexe du rire, les gestes du rire sous les draps d'un lit, sur la banquette arrière de la voiture au fond du garage, partout nous nous cachons, nous sommes plus fous que le printemps en personne.

Au pays de Concha où Jim m'emmène, le riche hôtel sur les ramblas est proche du port. Colline boisée, un bar tout en haut s'ouvrant sur la mer. Pour travailler Jim s'installe au sommet à l'ombre des pins, il aime être le roi des perspectives, l'homme est un principe de domination alors que la femme dispose ses papiers tout en bas, ce qui est juste. Ombres tournant avec docilité au-dessus de nos têtes jusqu'à midi. Jim achève un nouveau livre, j'en commence un. Heures d'amour et de sommeil, courses de taureaux côté sombra, sur les gradins hystériquement bondés, fleurs volantes, éventails, chapeaux, violente odeur de sang montant de l'arène où repose la bête assassinée, retour dans la belle chambre rouge, et voilà qu'au cœur de la nuit mon amoureux dit qu'il a besoin de voir « ses femmes », il se rhabille et file en douce, ah, des femmes, encore des femmes, quelles femmes ? sont-elles nombreuses ? impatientes de le revoir ? excitées ? furieuses ? douces ? le couvrent-elles de caresses ? les connaît-il depuis longtemps ? les a-t-il épousées ? reviendra-t-il un jour ? Mais oui, imbécile, il rentre à l'aube et reprend sa place au creux de mes bras, pas un mot sur ses noces obscures, la vie est horrible, la vie est une splendeur surtout, même si l'apprentissage, si le lycée d'amour dont je n'ai pas prévu les difficultés fait un mal de chien.

— Je n'y arriverai pas, dis-je ce soir, près de quarante siècles après.

— Sois simple, répond Jim, tu as tout le temps.

Tout le temps scandé, patient, frappé avec douceur. Donc j'y arriverai.

Ça n'existe pas, les souvenirs. Ou bien, s'ils existent, ils n'ont rien à voir avec le temps, voilà ma chance, ils nous criblent de plus ou moins loin de masses d'images dont ils ne sont, en réalité, que les clones imparfaits, blessants, fragiles. Si les souvenirs existaient, je serais morte depuis longtemps.

Tour de clé aux portes de mon cerveau. Terrasse de café au carrefour, Jim est en voyage. Le silence en début d'après-midi est un voluptueux égarement de la non-pensée. Par brassées, de nouveaux « maintenants » s'éparpillent comme les feuillets d'un manuscrit débroché que je rassemble et tasse de la main. Jim, m'entends-tu depuis là-bas où tu vas et viens ? Pas de réponse. L'absence est un personnage ensorcelé disposant de moi avec un sans-gêne effrayant. L'absence est aussi, plus simplement, le rayon d'un phare tournant qui découpe les secondes en tranches de plus en plus fines : elle me conseille de mieux l'écouter. Oh merci, voix calmante et presque joyeuse de l'absence.

3

Il sera là ce soir.

Au tournant de la terrasse, un homme debout, tout seul, reste appuyé contre le mur. Il s'y frotte le dos avec une application sensuelle et rêveuse. Il n'a personne à qui parler, il a l'air d'attendre l'arrivée de quelqu'un, soit un inconnu, soit la femme qu'il aime ou qui l'aime. À moins qu'il n'ait pas assez d'argent pour se payer un café. Mais non, rien de tout cela qui serait d'une banalité rassurante. Par intermittence, sans quitter le mur, il renverse la tête en arrière et se met à rire tout haut. Il ne m'a sûrement pas remarquée en train d'achever ma tasse. Pourtant, pourtant, et c'est bien étrange, sa crise d'hilarité et mon discret plaisir d'observation cherchent à se confondre. Ne dirait-on pas que cet individu à peu près clochardisé cherche indirectement à me prouver qu'il n'est pas n'importe qui ? Et je suis prête à le croire : il s'agirait plutôt d'un puissant homme-orchestre anonyme dirigeant une symphonie de déraison géniale. En dépit des abîmes d'indifférence qui nous séparent, il est de notre devoir de nous montrer déraisonnables, bien que chacun à sa manière. Un ordre venu de très haut nous a prévenus : nous sommes les grands tordus de la Création. Et nous en sommes fiers. Si nous nous laissions aller au démon de l'orgueil, nous serions capables à la minute même de poignarder un passant quelconque en toute innocence. Commis en état de grâce, notre crime serait un acte de santé publique, un meurtre blanc qui nous assurerait l'impunité jusqu'à la fin de nos jours.

Oh Jim, quel dommage que tu ne sois pas là pour jouer le rôle d'un commun dénominateur perdu, celui de l'unité universelle !

La mort ne cesse de rôder au-dessus de nos petites têtes allumées, n'est-ce pas ?

Depuis l'université américaine où tu donnes ta conférence, tu dis oui.

Nous sommes assez musclés, toi et moi, pour la tenir à l'œil, cette mégère.

Aimer, haïr, mépriser, admirer, jouir n'en sont que les signes grossièrement symboliques.

Nous savons tous les deux que la folie est grandeur ; que la folie est fortune ; que la folie est postérité ; que la folie nous épargne et garantit l'indépendance.

Holà !

Si l'homme du mur croit m'avoir déstabilisée, c'est une erreur. Son coup de magie médiocre prouve au contraire que j'ai affaire à un escroc.

Jim n'a rien d'un voyageur ordinaire parmi les millions d'autres. Il est un ange porteur. De quoi se charge-t-il, où qu'il soit ? De ma pensée. Elle a beau prendre la légèreté d'un souffle, d'un soupir, d'un frisson, elle pèse autant qu'une tonne de chairs vivantes qu'on lui jetterait au visage, soit par espièglerie, soit par provocation sournoise. Cela nous met tous les deux en symbiose sans avoir besoin de fournir le moindre effort. Ma pensée vient d'être accueillie par la sienne en toute liberté, elle peut jouir d'un champ d'action plus large.

Je m'étais promis de mettre fin à l'exploitation répétitive de mon enfance. Elle a trop longtemps servi, elle est usée, il serait de bon ton de me débarrasser de ses déchets.

Eh bien, là encore, une fois de plus je vais me payer le luxe de trahir la parole donnée comme si je voulais me lancer un défi. Illusion pure, rachitique petit mensonge, commodité narrative. Bref : dérobade honteuse d'un écrivain fatigué.

Ma mémoire s'obstine à rester un débris bien vivant. Rien que pour m'embêter, cette empoisonneuse s'arrange pour se rappeler à moi.

Pendant une promenade en forêt, les enfants découvrent le palace luisant, luxueux et roux d'une fourmilière en pleine activité. Excités sans savoir pourquoi, ils s'arrêtent net, les voilà tentés d'y sauter à pieds joints. Aussitôt dit, aussitôt fait.

Nous jetons la panique au cœur de la cité. Nous piétinons des milliers de petites fées corsetées de noir, vlan, vlan et vlan, il ne faut épargner aucune d'entre elles, allons jusqu'au bout du massacre, exterminons les gens et les œuvres, faisons table rase, c'est gratifiant, voilà, tout est fini, les enfants continuent l'expédition à travers bois, rien n'a eu lieu, l'air sent la fougère, du soleil filtre entre les branches hautes, « passez votre chemin, elfes des prairies / vous qui foulez en rond les mousses fleuries », dit Apollinaire.

Pour quel motif inventer cette méchante histoire de fourmilière ? Ma mémoire se détraque, elle a mal vieilli, ses vêtements sont démodés, malpropres, et le maquillage est vulgaire. Jamais ces enfants-là n'auraient commis un meurtre.

— Va-t'en, dis-je.

Ce qui est surprenant, c'est qu'elle m'obéit comme une petite fille honteuse, elle traverse la grande pièce, prête à enjamber le rebord de la fenêtre. Prise de peur, je lui ordonne de revenir sur ses pas. Elle ne bouge plus, se bornant à me scruter de ses grands yeux déteints. Je n'en ai pas fini avec cette folle.

Jim téléphone depuis son hôtel à New York. Conférences réussies. Salle pleine.

Il est épuisé.

Jim téléphone de Londres, il a pris l'Eurostar, il passe un week-end là-bas avec Jeff. Temps splendide.

Jim a téléphoné de Rome. Accueil chaleureux. Du vent, un peu de pluie, Saint-Pierre, le soleil revient.

Jim appelle de Madrid, il a revu Vélasquez au Prado. Sa conférence : public jeune enthousiaste.

Jim est à Jérusalem. Le Mur.

Jim participe à Prague au colloque rassemblant Haydn, Mozart et Da Ponte, Kafka, son ami Casanova a failli décommander au dernier instant. Jim a insisté. Casanova sera présent.

Jim se promène en Chine. Expérience fabuleuse. Il m'a prévenue : il ne pourra pas m'écrire. N'aie peur de rien, cela va se passer « sur la pointe des pieds », a-t-il ajouté.

Jim est rentré ébloui par Pékin, le Grand Fleuve Bleu, Shanghai.

Il repart presque aussitôt pour son île. Travail intensif et repos, même combat.

Jim est de nouveau contre moi. Le sommeil est notre sur-conscience. Nous y poursuivons seuls un libre travail clandestin.

Jim vient de m'appeler du Café des Ondes proche de la Maison de la Radio, ne t'inquiète pas, circulation embouteillée à cause d'une manifestation, j'aurai du retard, attends calmement.

Saint-Germain-des-Prés en début d'après-midi, qu'aperçois-je, mêlé à la foule avec la raideur compassée de la fausse innocence ? Le cortège de mes morts intimes, ceux dont je ne puis me passer, bien entendu. Ils font semblant de ne pas me reconnaître (comme au cours de mes derniers livres), leur intention de comploter contre moi est de plus en plus évidente. J'observe avec froideur leurs petites planètes individuelles tournant à plein régime à des centaines d'années-lumière de la mienne. Aucun risque de collision. Mon Dieu qu'ils sont abjects ! Ils sympathisent tous entre eux, jeunes et vieux d'époques différentes, pas de problème. La seule chose qui les unisse, c'est leur conviction de m'avoir marquée à fond. Leur attitude est un acte d'agression, d'impudeur et de perversité, mais je m'en fiche. Des passants intrigués s'arrêtent, mordus de curiosité et même d'espoir. L'éventualité d'une bagarre entre les vivants et les morts ne serait pas de refus. Comment résister à ce genre de spectacle, moi la première ? Je regarde. J'aime ça. Je m'empiffre de clichés malsains avant de les classer dans mon coffre-fort : ce matériel finit toujours par servir. Comment ai-je survécu à ce paquet de fantômes destructeurs tranquillement installés sur les gradins du Temps ?

Leur vraie mission se concrétise, j'aurais dû prévoir.

Ils sont tous là pour m'accuser. Grief principal ? Je n'ai pas assez souffert.

Nous voici enfin dans le vif du sujet. Ils n'ont pas tort. Leur disparition ne m'a pas démolie. Pourquoi ai-je été sauvée *in extremis* par Jim, hein ?

Maintenant leur coalition se fait furieuse, ils veulent me contraindre à me débarrasser de mes oripeaux de vivante incrédule pour me capturer.

Mon agonie puis ma fin couronneraient leur triomphe.

Pas assez souffert, on ne le répétera jamais assez.

Chacun y va de son grognement :

Tu ne nous as jamais vraiment fait confiance.

Tu as simulé les chagrins, transformés par toi en mascarade.

Tu t'es fichue de nous.

Après la mort de Martin, tu ne t'es pas occupée de l'avenir de ses sculptures.

Tu n'as rien fait pour soutenir Ma-Ta quand elle a perdu sa petite Florence, morte en quelques heures dans ses bras, au Vietnam (le choléra, a-t-on su par la suite).

Quand Denys l'aviateur a perdu son fils, aviateur aussi, tu n'as pas jugé bon de te précipiter là-bas pour l'assister dans son désespoir.

Tu n'as pas conduit le cercueil de Jean ton père jusqu'au cimetière, tu partais pour Venise le même jour, les billets d'avion retenus.

Modestes exemples choisis parmi d'autres, autant de preuves confirmant ton cynisme infect.

Heureusement, ma chère, que nous sommes toujours présents. Notre tribunal te condamne à l'unanimité.

Meurs aujourd'hui, là, sans pitié, sur le trottoir, au milieu de tes sacs à provisions. Vas-y, glousse, brame et tombe, c'est du joli, il n'y aura personne pour te ramasser.

Bouclez-la, je vous prie, cadavres analphabètes. On ne meurt pas ici. La mort est un chantier interdit. *L'homme s'endort à vie.* Êtes-vous capables de saisir la nuance ? Vos petites lèvres se pincent. J'explique : le sommeil à vie n'est rien de plus qu'un modeste embarquement pour l'anti-Cythère. Le beau navire a largué ses amarres. Un courant lisse emperlé d'écume entraîne au large la moisson des passagers, jouisseurs incongrus d'amour.

Laissez-moi frapper le sol du pied. Que nous soyons vivants ou morts le topo est le même. Nous sommes des colporteurs écrasés sous le poids de leurs visions.

Ai-je réellement été produite par Esther et Jean ? Ont-ils vécu, ces deux-là ? Entre eux et leur fille, que reste-t-il ? Rien de rien, à part l'échange de quelques sourires, des grimaces, une enfilade de rétrécissements. Ils ressemblent aujourd'hui à des timbres de collection collés dans un album.

Jim, je te demande en grâce de me délivrer de ces mortelles abominations. J'en ai assez d'eux : chagrins d'échec, de pauvreté, de jalousie, de terreurs, d'abandons, oui, je dis bien : abandons.

Sur la cheminée de la grande pièce, une toute petite photo presque effacée d'Esther dans un cadre rond d'acajou : assise sur son lit d'accouchée 1915, elle serre contre elle mon frère. Ses cheveux en macarons enroulés sur les oreilles ressemblent à des écouteurs. Tiens, pourquoi la jeune mère n'entendrait-elle pas une musique spéciale, joyeuse, mélancolique, ou franchement désespérée ? Je l'examine souvent de très près, ce cliché sépia à peine distinct. Maman, ça ?

Petite mère, à travers quel jeu de massacre visionnaire suis-je venue au monde comme étant ta fille aînée ? Si nous renversons toutes les logiques soi-disant irréfutables, j'aurais été ta mère, je te serrerais comme tu serrais Denys 1915, je caresserais ta tête, je t'allaiterais, j'attendrais que tu te rendormes, je rirais d'avoir donné naissance à un bébé aussi parfait.

Papa et *Maman* : mots d'une hallucinante absurdité. Je ne cesse de me demander pour quelle raison ces termes innocents m'ont tant posé de problèmes. J'ai passé ma vie à me servir d'eux comme si mon stylo, courant sur une feuille de papier, suffisait à leur donner du sens. Coup de magie raté. Autant de fièvres pour rien. Pures gesticulations de fantômes en mal d'ennui. Ambitions dégradantes. Graines de néant. Poussières. Foutaises à balayer vite et bien.

« Lorsque l'enfant paraît — le cercle de famille — applaudit à grands cris » a déclaré le poète.

Voyons ça de près.

La salle des fêtes est comble. Au centre, un berceau installé sur un podium attend l'arrivée du nouveau-né. Tout le monde en parle, la rumeur assure que le bébé est d'une beauté phénoménale. L'assistance retient son souffle. La porte à deux battants s'ouvre. Une accorte infirmière fait son entrée en danseuse, elle sourit avec une pudeur coquette et va déposer son précieux fardeau au creux du berceau.

L'enfant va paraître.

L'enfant paraît. Chut ! Voyez comme la cérémonie est belle !

Quelques femmes ne peuvent étouffer leurs sanglots.

Il est là ! Il est là, vraiment ? Penchez-vous, mes amis, ne poussez pas, il y aura de la place pour tout le monde. Préparez-vous à vous pâmer devant ce nouveau petit bout de chair à peine sorti de son expédition utérine.

La foule s'est précipitée. Le soleil inonde la salle de ses rayons d'or. Et le silence se fait brusquement intolérable.

Car…

Car ?

Oui, *car.*

Voilà que bondit hors de sa nacelle de mousseline un monstre poilu de la taille d'un adulte, genre gorille des savanes africaines.

L'assistance recule, horrifiée.

La voix de basse du monstre s'élève :

— Écoutez ! je n'ai ni père ni mère, et vous tous non plus, je vous fais là une déclaration formelle. Ah vous avez cru caresser les fontanelles encore battantes d'un délicieux bambin, n'est-ce pas ? Eh bien moi, le grand singe originel, je vous offre aujourd'hui la vérité, le suc d'une vérité bien nue dont vous ne voulez à aucun prix, bande de lâches ! Vous allez voir ce dont je suis capable.

D'un saut spectaculaire, il tombe au milieu de la foule en transe. Il agite les bras, il trépigne, il hurle :

— Écoutez ! je vous ordonne à présent de m'amener des petites filles, beaucoup de petites filles, ainsi que, pourquoi pas, des garçons. Toutes et tous, je vais les violer en public, vous serez mes témoins. Je vais engendrer, trois secondes me suffiront pour peupler la planète à ma manière. Je suis le père de l'humanité, le seul père authentique et tout-puissant. Écoutez-moi, nom de Dieu, je n'ai pas fini. Essayez de comprendre, imbéciles, je suis *aussi* la seule mère. Vous pouvez disposer. Andate in pace.

Le gorille en question n'est autre que moi. Je suis le désastreur des sacrés principes. J'ai désastré, je désastre, je désastrerai. Pas beau, ça ?

Pendant que je refais mon chignon devant la coiffeuse, je me regarde rire avec fierté. Je me désastre moi-même. Une rage de liberté constante me pousse en avant, au-delà. Cette liberté porte un nom : *Jim.*

Oui, Jim.

Jim est le seul à m'apprendre que chaque mot écrit est un corps de liberté agissant par effraction. Un homme armé d'une pensée de feu, voilà ce qu'il est.

Dans la masse de ses contradicteurs corsetés de haine ou de mauvaise foi (torses creux, épaules voûtées, pieds en dedans, lourds, lourds, et mous), Jim a résisté, prenant peu à peu la solide ampleur d'une forêt en marche, rien ni personne n'a pu le bloquer dans son élan. Il ne cesse de se battre sur tous les fronts, soutenu en bémol par quelques sympathisants fidèles, peu nombreux du reste — et c'est tant mieux. Il a quitté l'éditeur vieux de naissance et ses apôtres moisis.

Regardez-le marcher comme je sais le regarder, moi. Sous un ciel enflammé il avance à larges enjambées, il s'enfonce, le branchage épais brûle et craque, rien ne lui fait peur, il démolit les obstacles risquant de ralentir sa course, il se comporte partout et toujours en franc-tireur, vorace, joyeux, tenace, généreux. Une fois pour toutes nous avons pris le parti d'étouffer le temps, nous avons réussi ce coup-là, nous ne vieillirons jamais. C'est gratifiant de se laisser aller à une rage d'enthousiasme libérateur, bien sûr de mauvais goût, je me demande pardon à moi-même. En me pardonnant, son visage au fond du miroir a retrouvé un calme inexpressif, elle était agacée, elle a dû refaire son chignon, ça y est, maintenant je suis impeccable, poursuivons : Jim et moi depuis nos débuts avons agi avec prudence et modestie. Nous sommes des raffinés exemplaires. Sans raisonner ensemble, nous avons eu chaud, puis froid. Un léger goût d'amertume nous avertissait en cas de danger. Les menaces du dehors, nous les avons écartées, l'échec n'étant pas notre fort. Nous nous sommes serrés de mieux en mieux l'un

61

contre l'autre, ce qui nous a permis de refuser le fiel des pleutres, des bornés, des jaloux, des indiscrets, des menteurs, des lâches, des curieux gourmés, des donneurs de leçons. Nous nous sommes débarrassés avec talent des bavards en uniforme. Nous continuerons longtemps encore à savourer l'or de notre miel. Voilà qui nous a permis d'être lancés dans la durée.

La durée ressemble à un palais mythique. Ses fondations précaires réclament de notre part souplesse et vigueur. Bravo, notre corps ! Bravo, notre âme ! Nous sommes contents de vous.

— Sois simple, répète Jim aux instants de panique, de plus en plus fréquents.

Je relis la page de la veille, elle est ampoulée, sa préciosité mensongère est ridicule. Il faut recommencer. La peur l'emporte sur ma volonté de mener ce livre à bien, question d'honneur. La fatigue aussi. Jamais je ne pleure. Mes réserves de larmes sont épuisées depuis pas mal de temps. C'est déjà ça de gagné. Je me borne à geindre.

Jim le rieur conclut :

— Tu as perdu ton armature, c'est entendu, maintenant fous-nous la paix.

Ses conseils, une fois de plus, ont force de loi, une loi de sang frais furieux. Je suis guérie pour quelques heures. Jim est l'aîné dans l'affaire. Je cours à ses côtés. Rester au niveau de l'homme à qui je dois tout. Jeter un coup d'œil à sa photo posée sur la cheminée de la chambre dans son cadre de vieil argent. Le garçon d'il y a quarante siècles est assis sur un muret du jardin dans son île, chemise à col ouvert, jeans, sandales, il fume la pipe, le regard sombre est planté droit sur un objectif prémonitoire : mon moi de maintenant.

C'est dimanche, la sieste de l'après-midi muscle nos forces de travail. Chaque sommeil a son caractère, il n'y en a pas deux semblables ; larguer nos amarres et piquer une tête vers les profondeurs. Même souffle respiratoire, chaleur commune. Soudain les corps se divisent : Jim reste en surface, tandis que je descends de plus en plus bas sans perdre un grain de sa présence, il caresse mon cou, se retourne dans le lit. Instant extraordinaire. Mon bras gauche est devenu le canal de la Giudecca à Venise, « le bras de mer élargi » dans mes livres. Le courant m'entraîne jusqu'au port, comme dans la réalité : je vois le ciel aux nuages tournants, blancheur du quai, les passants, les mouettes, les éclats de soleil piqués sur les vagues. Mon bras droit enveloppe mon intérieur d'ici. Allongée sur le fauteuil de cuir, j'observe Jim derrière mon bureau. Le sommeil du dimanche après-midi m'a donc partagée en deux branches voluptueusement calmes.

Il ne s'agit pas d'un rêve. Ce qui m'emporte est tout autre chose. Mon corps s'est fait visionnaire.

Je n'ai rien raconté à Jim. Je n'aurais pas trouvé les mots justes, j'aurais tout abîmé. D'ailleurs lui aussi sait se taire sur ses régions personnelles situées au-delà des mots. Les mots, toujours les mots ? Ils sont souvent utiles. Mais pas forcément. Il faut parfois leur laisser du jeu. Eux aussi méritent un peu de liberté, une certaine indépendance.

Ça doit être lourd à porter, un écrivain.

Mon livre prend petit à petit son mouvement entre deux crises de détresse. Il me donne parfois l'impression de s'écrire tout seul comme s'il n'avait plus besoin de ma main, du papier, d'un stylo.

Fouiller les greniers du Temps est devenu une obsession. Est-ce bien nécessaire ? Ne suis-je pas en train d'user mes dernières forces en grimpant jusqu'en haut ces vieux escaliers, en défonçant un grand nombre de portes ?

Il faut.

Mes cabinets de mémoire empoussiérés me révèlent de temps à autre des tableaux dont la fraîcheur est impressionnante. Ils me permettent de rejoindre l'intimité de celle qui fut, celle qui est, celle qui sera. Pour la même raison, elles ne cessent de me répéter que Jim, source de tous mes désirs, fut, est et sera jusqu'au bout.

Par exemple, je m'amuse à revivre dans son atmosphère intacte un de nos voyages d'été en Espagne. La grande ville est rongée par la canicule. Nous plongeons dans le froid des sous-sols obscurs pour y découvrir le sanctuaire des grands rois morts de l'Histoire. Chacun dort dans un somptueux coffre de bronze, tous alignés par étage du haut en bas des formidables murs. On croirait pour un peu visiter les rayons d'une bibliothèque baroque, dramatiquement confinée.

La mort se laisse déchiffrer à livre ouvert, telle une chétive entreprise de rangements. Notre stupeur, notre respect, notre dégoût, notre fringale d'air libre. Rapides et comme hallucinés, Jim et moi écoutons avec attention l'écho vivant de nos pas.

Rangements, rangements, rangements, ça suffit.

Je tiens à refuser la mort, cette momie-donzelle irresponsable, irrespectueuse, menaçante éternellement, qui se permet de nous donner des ordres.

— Meurs, dit-elle à l'un.

Ou bien :

— Prépare-toi à m'accueillir, dit-elle à l'autre.

Et aussi :

— Je t'appellerai au moment voulu, sauf contrordre de ma part.

Cela ressemble à la confirmation d'un banal rendez-vous pris par téléphone.

À quoi rime son autorité plénière, notre disponibilité à nous ?

À sa volonté de ménagère obséquieuse, prétentieuse, imbue d'elle-même.

Son unique programme : ranger, ranger, ranger.

Elle me rappelle les armoires cossues de mon pays d'enfance, autrefois. On y gardait par douzaines des piles de beaux draps tout neufs, prêts à servir, empilés sur les rayons. Nous savions tous, secrètement, qu'ils n'étaient là que pour la montre. Leur odeur amortie de toile ou de lin nous contrariait. Ils étaient notre honte cachée.

À y bien réfléchir, la mort existe-t-elle vraiment ? La question se pose le plus sérieusement du monde. En fait, la mort ne serait qu'une affabulation malsaine de Dieu, notre Créateur. On pourrait le condamner pour exercice illégal d'une science mal comprise. Il se comporterait depuis les origines comme un soigneur de basse catégorie. Seules ses tentatives de s'en tirer par des clins d'œil d'humour douteux le disculperaient, ce qui n'est pas sûr. La fatalité veut que nous lui permettions d'injecter son venin, par piqûre intraveineuse, comme si nous n'étions que de vulgaires moutons au seuil de l'abattoir.

Refaire le lit chaque matin (avec ponctualité, depuis le début de nos quarante siècles) est loin d'être une sinécure. Notre lit-navire en acajou massif aux ornements de bronze est parti de l'Égypte de Napoléon. Ce mastodonte a fait escale à Alexandrie, Versailles, au village du temps de Martin. Finalement sa croisière en haute mer s'est terminée ici. On a réussi à le caler entre le mur de la chambre et la rampe de mon petit escalier intérieur. Deux centimètres de plus, il aurait fallu l'exclure.

Retourner le matelas. Aérer les draps et les couvertures avant de les remettre en place. Les lisser du plat de la main pour effacer le moindre pli. *Le lit défait* d'Eugène Delacroix en dit long là-dessus : ses grottes mouvantes de laine et de linge. Ses dépressions encore chaudes. Ses enflures nerveuses, ses marées montantes et descendantes, ses couloirs ombreux, ses chutes calmées, ses contractures, ses renversements angulaires ou ronds, ses creux en coups de poing sur les oreillers, ces repos de guerriers qui viennent de s'extraire du bouillonnement pour ne laisser d'eux que des empreintes. C'est ainsi que la peinture a parlé d'amour sans avoir besoin du corps d'un homme et d'une femme pour en finaliser les bagarres et les réconciliations organiques.

— Tu te sens bien ? demande Jim au réveil.

— Merveilleusement.

J'apprécie le mot *merveille* ainsi que ses dérivés. Je le répète souvent, cela signifie que je suis émerveillée de nature. Je n'ai pu grandir, aimer, haïr, croire et travailler qu'à travers les eaux de l'émerveillement. C'est un rude privilège qu'on m'a donné là. Je l'ai longtemps ignoré. Je n'en ai pris conscience prudemment qu'à l'époque de Martin. J'ai raison de dire « prudemment » puisque Martin n'a pas tenu le coup. Et puis Jim est venu, Jim est toujours là. *Merveille* est mon plus précieux joyau dont je me sers jour après jour non sans audace au vu et au su du monde entier sans craindre les voleurs. Si j'avais mis *merveille* au coffre, sans doute aurait-il perdu son éclat, petit à petit, avant de se dessécher.

J'ai regardé Jim endormi de tout près, ma main servant de soucoupe à son visage. Ce qui s'appelle regarder, regarder vraiment, c'est-à-dire dessiner, modeler, pénétrer, écouter, faire de sa respiration la mienne. Personne, jamais, n'a été vu comme je le vois, mon œil servant d'instrument d'extase analytique sans prétention : pour un moment je cesse d'exister, je ne suis plus qu'un outil sec et franc. J'ose assumer une aussi lourde responsabilité. Dans la plénitude de son sommeil, Jim est un corps synthétique de voyage. Les paupières inanimées sont aussi lisses que deux couvercles en fin métal. La bouche aussi. Le nez courbe en avant-plan, verticalement fendu par les belles narines, est seul à exprimer ce qu'il y a de vivant à l'intérieur : série régulière de battements imperceptibles lâchant l'air par frissons légers, je les sens puisque mon propre visage touche presque le sien. Il faut que mon attention se fasse encore plus perçante. Rien ne bouge, rien ne change. Enfin les paupières commencent à frémir, mais à peine, avec difficulté, sans réussir à se lever tout à fait, j'imagine qu'elles cherchent inconsciemment à protéger la splendeur d'un point d'intériorité unique n'ayant rien de commun avec la réalité brutale du monde extérieur. Les paupières battent et se battent, le tremblement s'accentue par secousses infimes en laissant filtrer pendant un dixième de seconde un éclat de prunelle, non, les paupières se rabattent de nouveau, puis enfin décollent tout à fait. Le rideau des cils se lève sur le mystère jusqu'alors caché des yeux passant de l'inconscient au conscient, du fermé à l'ouvert, du secret à la révélation. Je ne cesse pas de regarder, regarder. Je dois ressembler sans doute à quelque astronome un peu fou qui vient de découvrir certains univers jugés jusqu'ici hors d'atteinte, reculant à l'intérieur d'un infini lié à des milliers d'autres infinis non calculables. Il est épuisé, le savant. Il a passé sa vie à chercher le moyen d'aller

69

au-delà de ces enchaînements de perspectives insolubles. Mais voilà qu'aujourd'hui, comme en éclair, il croit que la victoire se pointe, tous les instruments dont il s'est servi ont accompli leur mission de capillarité, il triomphe enfin de son terrible exil de cosmonaute, il est sacré roi des planètes. Soyons concrète. Jim est revenu à lui, Jim revient à moi, Jim voit que je le regarde, ses yeux brillent, il m'a reconnue, il reconnaît aussi la chambre baignée de lumière, il s'offre encore trois secondes de liberté avant de soulever les derniers voiles du sommeil. Voilà, tout est remis à sa place. Les lourds travaux de l'alchimie interne sont oubliés déjà. Jim s'est redressé au bord du lit. Nous avons chaud. Nous sommes joyeux, nous mettons pied à terre, il est grand temps de se quitter. Harnachés comme les vieux-jeunes guerriers que nous sommes depuis toujours, nous sommes prêts.

Et toi, es-tu bien ?

Je lui pose la question à distance. Il est rentré chez lui maintenant. Bien sûr qu'il est bien. Il a retrouvé la merveille de son trésor d'intimité strictement privé. Jim est l'homme le plus *strict* que j'aie jamais rencontré. *Strict* : j'aime la sécheresse électrisée de ce mot. *Strict* : serré, concis, sévère, étroit, ramassé. *Stringo* : j'effleure ou caresse à l'épée nue. Comme son grand-père champion mondial d'escrime, Jim est un escrimeur de pensée, de musique et d'écriture.

4

Tu bois ton café en début d'après-midi à ta place habituelle dans la brasserie du carrefour. Presque plus personne, juste ce qu'il faut pour que ton regard prenne et rejette le bon ou le mauvais de la condition dite humaine, c'est-à-dire ce qui peut ou non servir à ton récit. Pourquoi ce tutoiement intérieur brusqué ? parce que je n'ai rien trouvé de mieux pour clarifier la situation qui me lie à moi-même lorsque je suis toute seule : pendant une vingtaine de minutes environ, le *tu* et le *je* font la paix, je le sais grâce au reflet de ma personne un peu plus loin dans le miroir mural. Je suis d'une raideur et d'une immobilité presque insultantes d'inexpression. Mais non, il n'y a pas d'insulte entre nous, il n'y a rien d'autre qu'une tentative, ratée d'avance, pour briser mon propre masque, en traverser les débris, entrer enfin dans le vif d'une substance inconnue dont je suis faite depuis ma naissance. Il faut que je recule à temps, juste avant qu'elle ne me dévore en achevant de

brouiller les pistes, les bonnes pistes rassurantes
capables de me conduire jusqu'à la moelle mé-
ningée de la vérité. Non seulement ma vérité
privée mais aussi la vérité immense, lumineuse et
contrôlable de l'humanité. L'état intercalaire
qu'est le mien en cet instant précis est un pur bonheur d'assouvissement préalable. Je le mettrai sur
papier demain matin au plus tard avec fierté : la
page sera faite quoi qu'il arrive. Ne nous pressons
pas. L'analyse immédiate de ce bonheur pensé
réclame d'être creusée. Me voici de nouveau
replongée dans la tiédeur du matin de ce matin
déjà passé, enfui, effacé, alors que je soutenais le
visage de Jim au moment de son réveil, le noir
velours liquide de ses yeux me reprenant aussitôt
en charge. Comme d'habitude. Il m'a demandé si
je l'aimerai toujours, question cruciale, question
ailée, question stupide, question grandiose. Je
réponds par la boutade. Il vaut mieux dissimuler
ma niaiserie foncière : je la respecte comme un
délicat facteur de protection, baume, gageure,
garantie, assurance-vie. Et je me suis retrouvée au
seuil de son nez. Qu'est-ce que le nez d'un
homme sinon l'envoyé spécial emblématique de
son intériorité ? Le nez de Jim est une architecture annonçant ce qui doit rester enfoui dans
les profondeurs ; profondeurs morales, psycholo-
giques, esthétiques, politiques, passionnelles pour,
passionnelles contre, sensuelles, froidement spiri-

tuelles. Jim est un homme froid en perpétuel état d'ébullition contrôlée seconde après seconde. Cela m'est confirmé aussitôt : je remonte au long de la narine gauche de l'homme que j'aime — cela pourrait être la droite — jusqu'en haut tout comme s'il s'agissait d'une performance d'alpiniste, d'ailleurs c'en est une, après une brève station sous l'os frontal, j'entreprends l'expédition périlleuse du labyrinthe de l'appareil méningé : l'acrobate que je suis désormais doit prouver centimètre à centimètre une extraordinaire souplesse de corps et d'esprit. Pourtant ce matin je me sens bien et même particulièrement curieuse, gaie, sûre de ses capacités. Me voici pour la première fois sur le seuil du palais de la pensée de Jim, et rien ne peut m'empêcher d'en faire un tour complet sans me presser. Mon cœur est contracté de plaisir, détends-toi, note avec soin le contenu d'une splendide exposition de trésors auxquels jusqu'à présent personne au monde n'a voulu accéder. « Va, marche, monte, descends, tourne, glisse, tourne encore de chambre en chambre, de salle en salle, de palier en palier, de réduit en réduit », ne cesse de me souffler à l'oreille une conscience mille fois plus intelligente que ma conscience ordinaire. Sous la coupole du palais-cerveau sont regroupés avec un soin fantastique les grands livres de l'histoire du monde. Jim s'en sert depuis l'adolescence, romans, essais, poèmes, théâtre, dont il connaît l'essentiel par cœur : il les a lus et relus si souvent que les reliures et les pages sont rognées d'usure, il les a annotés, il continue à en tirer de nouveaux passages qui lui serviront tôt ou tard. Une autre galerie contient les chefs-d'œuvre de la musique suivis de près par les chefs-d'œuvre de la peinture, de la sculpture, de l'architecture, et l'étrangeté de ce monument de la science mathématique, pure expression de la beauté, tient au fait que tout se tient, se mêle, se confond, s'amalgame au point d'atteindre un seul feu, celui de la création qui n'a jamais cessé de naître, et qui poursuivra sa quête longtemps encore : les livres écrits par Jim y sont consignés, bien entendu. Bon, j'ai terminé grosso modo pour aujourd'hui ma visite. Il m'est impossible d'en faire un compte-rendu logique et détaillé : je ne suis pas assez forte. J'ai quitté le palais-cerveau avec un sentiment de confort après avoir suivi d'étonnants sentiers, des avenues, des boulevards sans éprouver le moindre complexe de doute ou d'infériorité. J'ai consulté le registre des œuvres de Jim : parues les unes après les autres de siècle en siècle, elles ont peu à peu cons-truit l'encyclopédie d'un corps — le sien — qui n'aura plus rien à cacher. Clair lieu de volupté, équilibre définitif.

Jim et moi devenons à la longue des rôdeurs professionnels de l'amour. À notre époque, il s'agit là d'une vocation exceptionnelle. Bien sûr, l'apprentissage est long, dur, fastidieux pour certains prétendants aux diplômes. Peu d'élus. Ceux qui sabotent leurs études sont toujours les mêmes : ils ne croient pas à l'avenir, ils se bornent à lui tourner le dos, probablement dégoûtés par quelques stages douteux. Les voilà rangés sans effort du côté des ratés du divin.

Les ratés du divin ont un point commun : leur haine — persifleuse et violente — à l'égard de Jim. Haine si vivace et si productive qu'ils en ont fait un vrai corps de métier : ça dure depuis quarante siècles. La haine n'est pas près de déposer son bilan, les affaires marchent bien, ça rapporte gros, entre eux ils boursicotent, ils ne sont jamais fatigués, ils comptabilisent avec passion les gains, les paris spécieux. Pendant un certain temps, ils ont cru que la partie était gagnée, Jim, qu'il soit vu de près ou de loin, est l'équivalent d'un dangereux excitant qu'il faut envelopper d'un nuage de désapprobation officielle unanime. Fureurs, insultes, complots, ronrons larvés méprisants, émis avec rage par les craintifs locataires de la Grande Marmite de l'Imposture. Ils ont perdu. Jim est toujours là. Il continue à rire en serrant les poings.

En réalité, que signifie rire et serrer les poings ?

Écrire, point à la ligne.

Écrire, encore et toujours.

Écrire, et se taire.

Écrire, forer, fendre, scruter la page, mettre à feu les cabanons de l'ennemi.

Écrire, c'est aimer.

Écrire, c'est être aimé.

Ces gens-là y ont pourtant mis le paquet de persécutions de tous ordres.

Échec et mat.

C'est plus compliqué qu'on ne l'imagine, d'aplatir musculairement, moralement, intellectuellement ce garçon « aimé des fées », écrivait à son propos André Breton au temps de ses débuts. Les fées ont compris, elles ont tenu le pari. Elles sont fiables, ces belles petites sorcières dont les pouvoirs discrets agissent toujours au bon moment. Rares sont ceux qui croient aux fées. Jim et moi avons gardé quelques-unes d'entre elles, les plus utiles, les plus habiles. Les moins voyantes, bien qu'armées de poignards mortels. Nous ne sommes même pas intervenus en direct quand il a fallu saigner à blanc les ennemis les plus pervers. Nos filles se sont chargées de cette basse besogne en dansant de fierté.

Jim a quitté la maison de l'éditeur vieux de naissance il y a près de vingt siècles en emmenant avec lui son équipe — et moi avec — accueilli ailleurs au prix d'un enthousiasme prudent. Là où Jim s'installe, c'est le bordel assuré, mais admirable, mais inévitable, mais enchanteur du sommet à la base. Ses occupants, à la fois éberlués, confiants, jaloux, furieux adorateurs n'avoueront jamais leur passion. C'est exactement cela que Jim désirait et continue à désirer.

L'éditeur vieux de naissance vient de s'éteindre dans sa maison des environs de Paris, là où Jim et moi nous nous sommes vus pour la première fois. Il y a longtemps qu'il n'était plus question de lui nulle part. Personne n'a su de quelle façon (discrète, douloureuse ou théâtrale) il a bredouillé son dernier *oui* au seuil du grand *non* qui se préparait à le prendre en charge. Amen, monsieur. Fin de chapitre. Nous lui devons beaucoup.

Nous avons aussi une fameuse dette de reconnaissance à l'égard d'une de nos fées, celle que nous pourrions préférer s'il était permis de les ranger sur une échelle graduée. En fait, nous les préférons chacune à tour de rôle. Celle-là, nous avons dû la nommer : Venise, notre lanterne magique.

Nous y débarquons il y a plus de vingt siècles, un soir d'automne. Son premier coup d'éternité se produit en vaporetto sur le Grand Canal, large tranchée d'ombre, basculement des lumières dans la nuit, palais, jardins, ciel étoilé versant à gauche, à droite, horizontalité précaire précédant des redressements acrobatiques, nos mains se crispent, peur de tomber, apparition de la Basilique au dernier tournant, ventrue, grasse et blanche, sacrée, appétissante, oh madonna ! avant la découverte du salon à ciel nu de la grande place carrée. Stupeur telle que Jim pose un instant nos valises sur le sol. Heureux comme jamais et sûrement libres et beaux.

Vite, il faut aller vite. La vitesse est un principe qu'on aurait tendance à disqualifier par négligence, ce qui serait un péché.

Les deux lits blancs. Sur le plafond, fins pinceaux lumineux bougeants d'éventails venus du dehors. Chute en sommeil, saut en éveil. Ponton, café stupéfiant. Péniches amarrées grinçantes, on dirait des femmes enceintes prises de malaise, leurs flancs se cognent. Ballets tournants des mouettes voraces là-haut.

— Travaille bien. À tout de suite.

— Travaille bien. À tout de suite (son écho).

Jim est remonté dans la chambre. Sa fenêtre fermée côté canal, volet rabattu pour éviter le trop-plein du jour. Sa concentration là-haut équilibre la mienne ici sous forme de mots. Le bras de mer élargi n'en finit pas d'exaspérer ses folies écailleuses vertes et bleues, vagissements tremblés, délires doux, salives ravalées épileptiques.

Matinée entière pour une seule page se démenant à ma place.

Monter enfin rejoindre l'homme qui n'a pas besoin d'attendre pour m'attendre.

Un porche signalétique peut ouvrir ses battants sur le ciel, le marbre et l'eau. Mains serrées. Désormais nous avons le droit de vivre au-dessus de nos moyens.

Trafic indifférent des grands bateaux du samedi. Robustesse élégante des lauriers-roses et des acacias tout au long du quai jusqu'à la gare maritime. Depuis plus de trente siècles s'enchaînent les coulées vives de nos doubles temps, les coulées molles et changeantes des foules toujours les mêmes. Les bébés d'autrefois enfouis dans leurs landaus se sont transformés en filles rusées ou garçons batailleurs. Ensuite ils se figent, adultes épuisés bientôt par les manèges vicieux de la reproduction, tandis qu'à leur tour leurs bébés grandissent, vieillissent non sans surprise, soupçonneux, méchants, interrogateurs : pourquoi avons-nous vécu ? pourquoi faut-il mourir ? à moins qu'ils ne soient exceptionnellement soulagés par la perspective de toucher enfin le port. Là, ils pourront enfin s'endormir pour de bon, délivrés de ce qu'on nomme hier, aujourd'hui, demain.

Ce matin il pleut à verse. Dans la chambre aux trois fenêtres, Jim et moi travaillerons en nous tournant le dos, chacun rivé à sa table, à son paysage.

J'écris sans lever la tête.

Jim se lève, va dans la salle de bains. Jim vient se rasseoir.

J'écris.

Jim tousse, décroise ou croise ses longues jambes, s'allume une cigarette, remue des papiers, sa chaise grince.

J'écris.

J'entends seulement les frissons de ce léger orchestre dont il est le chef à la fois distrait et fou d'attention.

Plus tard, il murmure sans quitter du regard son cahier : « Je t'aime. »

Sans quitter ma page des yeux je réponds : « Moi aussi. » Nous n'avons plus besoin de nous voir. Le double concerto n'a ni début ni fin.

Le soleil couchant est un artiste de génie. Rafraîchis ton visage, recoiffe-toi, parfume-toi, suspends à tes oreilles des boucles brillantes, fais-toi aussi belle que possible afin de sortir de la fête du jour avant d'entrer dans la fête enchantée du soir. Des moissons de mercure et d'or ont été lâchées en oblique sur le canal en se répandant jusqu'au port. Tant d'éclat, tant d'inhumanité mériteraient réflexion, excepté pour nous. Il faut donc se mettre en veilleuse si nous décidons de survivre. C'est oui, oui. C'est oui. Mieux même : nous oublions carrément ce que sont les plans de la verticalité et de l'horizontalité. Pas de paradoxe idiot. Tout va bien. Ça nous arrange.

« Andate in pace », vient d'annoncer le vieux prêtre pour la cent millionième fois. L'église est en train de se vider sans hâte, cierges mouchés, lampes éteintes, derniers murmures. Rien de mieux pour nous donner faim. Le vin rouge nous chauffe à blanc. La nacre des yeux de Jim est doublée d'éclairs. Puis-je affirmer que je suis en train de manger et boire ? Absolument pas. En vérité je cesse d'être une femme pour n'être plus qu'un roman entrepris depuis longtemps mais laissé en veilleuse exprès. J'ai dû le recommencer, le corriger, le resserrer, bref contourner pas mal d'obstacles. Pourtant ce soir, alors que nous savourons nos plats, mon récit peut aller tout droit par faveur exceptionnelle, comme si le manuscrit était un canal, lui aussi. Je me sens large et riche. Je sais que j'atteindrai le delta de l'embouchure. Je n'ai plus à douter.

Au flanc de l'église sur le campo désert, notre banc. Le clocher frappe ses neuf coups nocturnes. Dormez, dormez, dormez, a-t-il répété comme un ordre. Il faut obéir.

La lanterne magique de la ville étrangère est constamment rallumée en différé depuis ma fenêtre-accoudoir. Pour l'instant, ça me suffit. Vivre, c'est savoir enchaîner maillon par maillon. Je ne suis qu'une lentille grossissante de chacun d'entre eux. Ma vie tout entière peut s'interpréter comme les mouvements d'une foule anarchique et volage, composée d'abord d'enfants étourdis et d'adultes inquiets puis de vieillards que la mort taxe par anticipation. La chose est visible des hanches, des dos, des pieds. La foule ralentit son allure. La mort n'est plus très loin. Cette famille surannée s'arrange pour soigner son image, annonçant aux uns qu'ils pourront jouer les prolongations — sinon les tirs au but, oh scandaleux avantage ! alors que nombreux sont ceux qu'elle condamne à tomber raides.

« Couvercle noir de la grande marmite / Où bout l'imperceptible et vaste humanité. » Baudelaire a tout dit.

Question que je pose assez fréquemment à tel ou tel de mes semblables :

— Êtes-vous heureux ?

Le réflexe m'enchante, je surprends d'abord un imperceptible frisson d'effroi, un léger recul comme sous l'effet d'une gifle injuste. Il ne m'a rien fait. Il se sent coincé d'office. Son regard meurtri se délave, mais à peine (pourquoi me poser cette colle, comment répondre ? et quoi répondre ?), il est raide, il est congelé, il pose la main sur son cœur :

— Moi, heureux ?

L'insulte est outrageante. Il faut respirer à fond :

— Qu'entendez-vous par « être heureux » ?

Rien, mon vieux. Rassurez-vous. Je voulais seulement savoir ce que vous pensez du dernier Lelouch, du Spielberg, de Gustave Moreau, du président de la République, de la grève des aiguilleurs du ciel, de l'euro, de la famine en Afrique, du chiffre record des accidentés de la route, des cent tonnes d'héroïne découvertes à bord d'un camion espagnol, du viol d'une lycéenne à Carpentras, de la Grande Bibliothèque de France perdant les eaux, de ce miraculeux médicament sexophile pour vieillards en panne, d'une avalanche en Savoie, des trois cent mille morts d'un tremblement de terre en Chine, du raz de marée aux États-Unis, du nouveau parfum Chanel, de l'autopsie d'un canard mort du sida, des programmes télé, de la crise boursière, de la peur du gendarme, de l'amour du gendarme, de la naissance d'un prince au Népal, du scandale d'Elf-Aquitaine, de la condamnation des exciseurs, de l'agonie d'un chien abandonné par ses maîtres, du gras de jambon qui fait grossir, de l'heure qui passe trop vite, du suicide de Dieu le père en personne, zut, ne pas oublier d'acheter les œufs, le jambonneau, la pomme pour vendredi, des timbres-poste, et préparer la paie hebdomadaire d'Inès. Tout ça. Donc rien. Passons à autre chose. Ha ! le soulagement moral de l'interlocuteur est évident. Il va falloir prendre en pitié cet imbécile, lequel m'interroge à son tour : me suis-je toujours conformée aux lois du vrai bonheur ? Restons dure et sèche. Ne pensons qu'au travail en cours, de plus en plus difficile.

La fatigue est là, soyons honnête. *Fatigue.* Le mot seul est dégoûtant. Nous l'avons proscrit de notre vocabulaire, Jim et moi, bien qu'il se promène parfois dans nos cervelles. La fatigue ne m'atteint qu'en un point précis : la terreur de ne pas terminer mon livre à temps. Ce qui revient à dire : ne pas me terminer moi-même.

Le doux fantôme de la jeune femme sortant du parking d'à côté me répète parfois dans un souffle :

— Bonsoir les amoureux.

Il n'en faut pas plus pour être protégée jusqu'à nouvel ordre. Jim entre dans la grande pièce en ouragan, frais, vif et beau malgré ses dix heures de travail. Intensité de sa question :

— Est-ce que tu te sens bien ?

En rentrant tout à l'heure de mes courses, qu'est-ce que je découvre dans la grande pièce ? la meute obstinée de mes petites mémoires qui ont survécu à leur Lady, étranglée de mes propres mains à la fin de mon livre précédent, au bois de la Cambre. C'est louche. Je ne les ai pas convoquées, ces secouristes non diplômées, je les somme de filer au plus vite. De toute manière, je leur crie qu'elles n'ont plus de corps aujourd'hui, elles se sont transformées en trous de mémoire. Elles restent là, paralysées, échangeant des regards stupéfaits car je les menace de les noyer l'une après l'autre dans ma citerne. « A-t-elle bien dit citerne ? »

Citerne : « 1. Réservoir où l'on recueille et conserve des eaux fluviales. 2. Terme de marine. Petit navire pour porter l'eau douce aux bâtiments en rade. 3. Terme d'anatomie. Citerne lombaire ou réservoir de Pecquet, dilatation que présente le canal thoracique à son origine, dans la région lombaire, et où aboutissent les vaisseaux chylifères. Étymologie : du latin *cisterna* ; de *cista*, coffre. » Bien vu, charognes. Elles disparaissent.

5

Terminer mon livre à temps. Je dois. Il faut.
Un certain dicton précise :
« Si Dieu me prête vie. »
Bizarre, non ? Et même suspect.

Ce conditionnel douteux me semble être l'équivalent d'une révélation atomique. L'humanité tout entière explose. Dieu le Père a lâché sa bombe en ricanant. Lui-même affirme sans façon qu'il consent à *prêter.*

Il n'est pas du tout le donneur exemplaire que maintient la légende. Mais plus précisément un usurier de haut vol s'évertuant à dominer sa créature.

« Si *je te* prête, dit-il, *tu me* dois des intérêts. »

Tel est le principe de base de tout trafic de commerce.

Il n'a rien d'un président de société, banal charmeur et généreux. Il se contente d'être un maquereau avare.

Et nous nous soumettons volontiers à ses lois.

Le plus curieux dans cette affaire, c'est que jamais personne n'a osé prendre l'initiative d'une rébellion.

En vérité, je vous le dis, son comportement est condamnable. Il aurait fallu l'épingler pour avoir éternisé ses pouvoirs de tyran.

Son crime de sur-majesté est infamant et mériterait la peine de mort.

Et quand je dis « mort » : non pas moelleuse, mais suppliciante.

Le comble de l'histoire, du reste, consiste à nous avoir dépêché son Fils dont il ne serait que l'entremetteur. Jésus-Christ se charge de l'exécution du verdict. Il sera crucifié à sa place. Ouf ! Pas vu pas pris, le Prêteur sur gages s'en est lavé les mains. Ce chef d'entreprise un peu véreux sur les bords consentira-t-il à m'accorder le bref supplément que je souhaite obtenir ? Une petite quarantaine de siècles ?

La journée s'annonce belle. Au moment de me mettre au travail, qu'aperçois-je, tranquillement assis à ma table ronde et dégustant un petit verre de porto ?

Esther et Jean, mon père et ma mère « décédés » (comme on dit) depuis des lustres.

Pas de doute à ce sujet. Ils sont là à cause des blasphèmes que je viens de proférer.

Si je voulais, je pourrais les toucher. Je n'en ai nulle envie. Leur squelette bien récuré est comme enfoui dans les drapés d'une fausse chair aussi évanescente qu'une écharpe de tulle. Ils sont chics. Pourtant je vois rouler des larmes au creux des orbites de ma mère, elle m'agace, elle a gardé son expression d'anxiété dramatisante qui m'énervait tant de son vivant. Ma colère monte. Je suis certaine que ces deux-là sont venus ici pour m'espionner sans vergogne, ce n'est ni la première ni la dernière fois. Quand je pense qu'ils ont passé leur existence à se déchirer, dans la mort ils ont trouvé un terrain de réconciliation hideux.

— Arrière, dis-je en agitant la main.

Ils se lèvent aussitôt, à peine branlants sur leur base. Et les voilà qui m'annoncent d'un commun accord qu'ils sont incapables de vivre désormais leur mort à l'écart de celle qui m'attend. Ils prétendent que je leur manque trop. Il faut trouver une solution. Mon père, autrefois discret et doux, mon père, ce refoulé d'origine, prend l'initiative. Il écarte ses mâchoires au vide béant, il n'a plus besoin des sons pour se faire entendre.

— Habille-toi et suis-nous, m'ordonne-t-il en silence.

Esther approuve d'un coup de crâne, mais sans enthousiasme dirait-on.

D'un bond, je file me réfugier dans la salle de bains. J'espère qu'ils n'oseront pas venir jusqu'ici. Être ferme. Ne les accompagner à aucun prix. Mettre un terme à leurs illusions. Qu'ils sachent enfin la vérité : je les ai oubliés, oui, *oubliés* tout comme j'ai arraché de ma mémoire le troupeau complet de mes morts autrefois chéris, pleurés longtemps et rappelés en vain.

Fini tout ça. Je passe l'éponge.

Clé dans la serrure, pas précipités de Jim, ses bras me soulèvent comme pour m'apprendre à voler, « tu es bien ? non, tu n'es pas bien », il passe vivement la main sur mon front pour balayer les dernières images des visiteurs d'outre-tombe, pas de ça ici, il ne veut que du bonheur, rien que du bonheur. « As-tu fait ta page ? — J'ai fait ma page. — Tu m'aimeras toujours ? — Je t'aimerai toujours. » Il met la musique en route : Vivaldi.

— Reste encore un moment au lit, dit-il en me quittant tôt le lendemain.

Jim a souvent raison. J'ajoute : il a toujours raison.

Cela permet deux attitudes en simultané : je suis allongée sur mon lit d'ici, maintenant ; j'occupe aussi mon lit de jeune fille, autrefois, à Boitsfort, après le repas de midi d'un dimanche d'été. Jean et les enfants font la sieste. Esther seule est restée debout, active et passionnée. Elle monte et descend l'escalier, ouvre et ferme des portes, choque de la vaisselle, bref remet partout de l'ordre à petit bruit, imaginant à tort qu'elle est une fée du silence.

Oh maman chérie, tu viens de retourner le sablier du temps pour mieux me provoquer aujourd'hui, toi qui dors depuis tant d'années à l'ombre des hêtres de la forêt de Soignes.

Tu me perces le cœur. Peut-on pleurer au fond du sommeil ? Bien sûr que non mais bien sûr que oui.

Sans doute attends-tu que je te le dise à voix haute, ou bien en toutes lettres.

La perversité des morts les plus ordinaires n'a pas de bornes. Ah les morts, les morts ! on aurait beau les supplier de se conduire en *morts* à part entière, ils s'y opposeraient de toutes leurs forces et sans manifester le moindre scrupule. Ils se comportent à la façon d'employés revanchards, floués à la base. Ils n'ont pas confiance en nous. Ils se regroupent pour exprimer de justes revendications : sortir de terre, envahir nos domaines, semer le désordre et le gâchis, nous déstabiliser, nous aplatir.

Attends encore une seconde, Esther, avant d'être renvoyée sec à ta ténébreuse horizontalité. Pardonne-moi pour tout ce qui précède.

Jim a dit : « Comme c'est bête, la mort ! »

Au fond, le sommeil est le seul état qui vaille honnêtement la peine d'être vécu. (J'exagère à peine.) Dormir. Telle devrait être l'essentielle activité de tout romancier. L'écriture serait mouillée en permanence par un fluide générateur. Jim a la passion du sommeil puisqu'il a la passion du travail. Jour et nuit, qu'il soit ou non couché, debout, conscient, les mots parqués en attente sur l'écran interne de son front sont prêts : ils s'offrent, Jim s'empare d'eux, la fusion se fait. L'écrivain est heureux. Les mots aussi : entre eux circule un sang spécial opérant l'irrésistible infusion. Le livre semble s'écrire sans l'assistance de qui que ce soit.

La colonne des ouvrages de Jim monte de plus en plus haut sur les rayons de la bibliothèque derrière mon bureau. Il n'y aura bientôt plus de place libre. Je ne suis pas inquiète, on trouvera le moyen de les caser ailleurs.

Cahiers et carnets ouverts sous la lumière oblique de l'abat-jour jaune, Jim balaie du tranchant de la main la cendre tombée du bout d'une cigarette. Il écrase le mégot avec force avant de reprendre sa lutte.

Je suis allongée sur le fauteuil de cuir capitonné. Le regarder est ma fonction, comme si je l'observais à travers le verre bombé d'une loupe surpuissante. Sous les paupières à demi baissées, le double jeu des pupilles opère à la façon d'un minuscule conducteur de pensées, le producteur masqué des visions, l'œil lui-même ne sert plus que de support. Hermétisme garanti. Muraille de Chine ambrée autour d'un point fixe et brillant. Jim se tient entièrement dissimulé dans la profondeur de son propre dedans. Et puis soudain, sans motif apparent, le voilà qui remonte à la surface avant de retrouver l'univers du dehors. Cela vaut la peine d'insister un peu sur ce double espace qui n'est pas aussi simple qu'on croit. Car il s'agit en fait d'un acte de guerre audacieux, un authentique exploit, une vraie conquête.

Quand je rentre de mes courses, par exemple, je reste un moment plantée sur le palier avant d'engager mes clés dans la double serrure. Le fait de quitter un certain espace en faveur de mon dedans m'apparaît choquant, problématique. La porte va-t-elle s'ouvrir ? Mais oui, elle s'ouvre, tu entres, tu gagnes la grande pièce, tu es chez toi puisque tu as payé le loyer, tu poses tes sacs à provisions dans la cuisine, tu bois un verre d'eau, tu reprends pied d'un bout à l'autre de ton intérieur où les meubles et les objets, bien à leur place, vont te servir à tour de rôle. Rassurée, tu montes au sixième étage, tu ouvres la fenêtre sur cour. J'ai cessé d'être la prisonnière du dehors dont les perspectives de vieux toits enchevêtrés, étagés, encastrés les uns dans les autres sont *là* alors que moi je suis protégée par mon *ici*. Au-dessus des taillis d'antennes noires et des cheminées rouges, le ciel a la courbure d'un océan renversé, lequel aussi me protège. Je n'ai plus peur de ces rivalités suspectes entre *dehors* et *dedans*. À ma droite, mais beaucoup plus bas, le fleuve, proche bien que je ne puisse le voir, le fleuve est aussi un puissant corps de protection. Le fleuve se borne à n'être qu'une idée de fleuve. Qu'y a-t-il de plus beau que l'idée qu'on se fait d'un fleuve ? Le courant sourd et sombre m'entraîne vers ses lointains embrumés sans que je bouge d'un cil, moi, paresseuse innocente absorbée par son vide intérieur, même les yeux ouverts.

Stupeur à l'instant de me remettre au travail.

L'idée a fait son chemin sans moi : son énergie est mille fois plus vigoureuse que celle du corps ne charriant que des idées mineures condamnées d'avance.

L'idée passe avant le corps, mesquin compact d'organes marqué par la fatigue ou la peur, et souvent déçu. Alors que l'idée que je me fais des événements, des êtres et des choses est royale dans sa rigueur. Elle tire mon corps qui n'a pas besoin de bouger. Elle lui donne un sens. Sa fidélité se révèle grandiose : jamais elle n'a trahi la réalité.

Elle est ma doublure intime.

Le bonheur s'accentue à la seconde où j'ouvre ma fenêtre-accoudoir. Je suis pénétrée alors par la certitude de m'introduire dans le palais d'une idée majeure. J'aurai le droit d'y circuler à tout instant sans risque d'être dérangée par la masse des importuns. Le chez-moi de mon idée m'emporte en couvrant l'espace des quarante siècles que Jim et moi avons parcourus. Je suis transformée en mouette voyageuse. Je plane au-dessus de Versailles, Nevers, Bourges, Tours, Tain-l'Hermitage, Brive-la-Gaillarde, Château-Chinon, Blois, Amsterdam, Bruxelles, Anvers, La Rochelle, Ré, Barcelone, Saint-Sébastien, Gérone, New York, Valence-d'Agen, Bordeaux, encore Bordeaux, Madrid, Tolède, Padoue, Venise, et puis Venise, et puis Venise au-dessus de laquelle je décris plusieurs cercles avant de plonger d'un trait jusqu'ici, encore ici, surtout ici.

Sur mon bureau s'étalent en désordre les derniers feuillets du brouillon que j'ai maintenant la joie de déchirer et d'envoyer à la poubelle. À partir de là, il va me falloir entrer dans un espace d'invention pure. Jusqu'ici, j'étais obligée de lutter avec une idée de livre. Je ne crains plus rien. L'idée se calme, s'aplanit, se condense, accepte de n'être rien de plus qu'un simple roman : il sera terminé à temps.

— Jim, je te dois tout, dis-je à mi-voix.

Il ne cesse de me proposer un champ de liberté dont je sais qu'il est sans limites. À l'inverse des apparences, le *je* dont je me sers ne parle que de *lui*. Pas d'autre tactique d'exploration n'est admissible puisque nous avons décidé d'un commun accord de piéger les fumisteries d'un Temps majuscule.

Ça n'existe pas, le Temps majuscule.

Jim et moi avons été (et sommes toujours) les navigateurs de temps innombrables. Pas un seul d'entre eux n'est négligeable, nous avons le tact de les vivre en silence, tous à la fois. Sans doute sommes-nous devenus grâce à cela des tueurs professionnels de souvenirs. Si nous avons su ménager les jardins du présent et de l'avenir, c'est parce que nous sommes bons et savons nous taire.

Je suis de plus en plus persuadée que Jim est un homme de génie. Aucune enflure de prétention immodeste dans une telle déclaration. Simplement ceci. Le génie, personnage issu en direct du divin, du sacré, ne s'intéresse pas aux hommes, excepté quand sa folie le pousse à prendre en otage l'un d'entre eux. Folie pour folie, génie pour génie, il a choisi cet homme-là.

Après le dîner, Jim allume rituellement son cigare. On pourrait imaginer qu'il s'agit du céré-

monial miniaturisé d'un escrimeur au cours d'un
duel savoureux d'où monte une fumée bleue. Jim,
tout en prenant à toute allure des notes dans le
petit carnet rouge, détache de temps en temps,
avec une précaution distraite du bout de l'index,
un peu de cendre. J'aime regarder sa bouche fron-
cée sur une source de pur plaisir, le plaisir d'un
mousquetaire sur le point de gagner. En obéissant
au souffle aspirant du fumeur, le cylindre brun de
plus en plus raccourci du cigare ne cesse de luire et
de s'éteindre, rougir et s'éteindre, et c'est beau à
voir, à interpréter : le cigare est un tronçon de
temps que ronge et rogne à mesure le sens de la
durée. Combien de minutes faudra-t-il encore à la
bouche à la fois ferme et tendre de l'homme avant
de l'achever, c'est-à-dire consommer le secret du
secret de la durée intemporelle qui nous lie
ensemble, lui et moi ? Jim a senti probablement
mon regard. L'ombre d'un sourire enfle ses belles
joues, et le voilà qui saisit le moignon couronné de
braise entre deux doigts repliés. Son geste est vif et
charmant, il l'écrase avec soin, fini le cigare, objet
d'un plaisir qui m'est interdit à moi, la femme ! Si
ça te choque, femme, eh bien, tant pis pour toi. Le
sourire de Jim se transforme en demi-rire, j'entre-
vois les dents régulières et bien serrées entre les
lèvres au dessin asymétrique, mon Dieu que cet
homme est beau quand il est heureux, l'instant
précis de la mort du cigare résume une existence

97

entière, ce n'est pas plus compliqué que ça. « Au lit ! » dit-il ensuite sur le ton d'un chef d'armée à l'heure de l'assaut.

Souvent nous nous endormons l'un contre l'autre de profil, nos creux et nos bosses y trouvent un confort spécial. Trois secondes suffisent pour que Jim sombre, j'ai tout juste le temps d'écouter les premières mesures de son sommeil avant de le rejoindre sans perdre conscience aussitôt, ce qui me permet de voir nos quarante siècles d'existence se métamorphoser en quarante dos emboîtant le mien. Ça nous suffit. La nuit est un bonheur d'instantanéité, nous nous réveillons en éclair, Jim file, il est tard, un tas de rendez-vous l'attend, nous aimons autant nous séparer que nous retrouver, le système de va-et-vient dans l'amour est d'une vertigineuse précision scientifique, il est possible qu'il s'agisse là du fondement le plus riche et le plus sécurisant de nos origines. Pour ne rien perdre de la gravité des choses flottant autour de moi sans consistance, il faut désormais aller vite, le plus vite possible. J'ai mis plus de soin encore que d'habitude à faire le lit, ça va m'aider à rester au juste niveau de mon ambition, c'est-à-dire savoir une fois pour toutes que le bonheur, *le* bonheur n'est qu'un gigantesque mensonge par omission. Il n'y a pas *un* bonheur ou *un* genre de bonheur ou *un* instant de bonheur, telle est la sommaire croyance des animaux pensants que nous sommes. En réalité, chaque atome de vie est la source de milliards de bonheurs qui ne cessent de se renouveler à mesure qu'on la respire. Moi-même suis environnée par cela que saisissent au passage les milliards de papilles dont je me suis bêtement privée jusqu'ici. Draps frais, couvertures, couvre-lit, coussins ; la course aux flambeaux se poursuit, tout est dans l'ordre, un ordre dont je ne confierais la tâche à qui que ce soit au monde, des milliards de bonheurs m'enveloppent de leur poudre éclatante pour me couvrir le visage, si l'on me dit aujourd'hui que je suis belle, eh bien, je le croirai enfin puisque c'est vrai.

Tiens, on m'appelle d'en bas par l'interphone. J'ouvre la porte à la pédicure qui me soigne une fois par mois. Pendant que mes pieds trempent dans une eau de plaisir bien chaude, j'observe cette femme à l'ouvrage : sa tête d'Indien guatémaltèque, ses gros yeux pensifs, ses nobles mains noires qui s'occupent de mes talons et de mes chevilles, nos bonheurs se fondent pour n'en faire qu'un seul, je la vois grossir et grandir à vue d'œil. « C'est fini, madame », dit-elle en se levant. La voilà revêtue d'une robe de soie soutachée d'or, sur sa tête est posé un diadème serti de pierres précieuses d'où descend son voile de dentelle,

elle trône au milieu d'un parterre de cierges allumés, elle est devenue la Vierge Marie en cire que Jim et moi voyons chaque jour dans l'église des Gesuati à Venise. Est-ce que je rêverais ? Pas du tout, c'est uniquement le confort de mes pieds qui se permet de rêver en éclair puisque, déjà, l'Indienne a retrouvé ses proportions d'humble soigneuse, je la paie, nous fixons la date de la prochaine visite, elle disparaît sans emporter avec elle la moindre parcelle de moi. Sauf ce qui suit :

Jim m'emmène dîner dans notre restaurant familier, celui-là même où lui et moi nous nous sommes rencontrés en tête à tête pour la première fois. Sans l'avoir cherché consciemment, je tends à me rapprocher de la Vierge Marie en cire des Gesuati, ou des fées que j'admirais dans mon enfance, ou de certains anges de Memling, autant de reflets de paradis qui me seraient à tout jamais interdits, prétendait-on à l'école autrefois. Henny de Vries m'avait crié un jour avec exaltation : « Toi, ma pauvre, tu ne sauras jamais ce qu'est la chance d'être belle. »

Eh bien, ce soir, je le serai peut-être un peu, belle, pour Jim en tout cas. Ma veste pailletée de vert et de bleu lance des éclairs, les serveurs se pressent autour de nous, on dépose dans nos assiettes un savoureux pâté de viande hachée, vive la viande, vive la salle bourrée de clients que j'adore déjà dans la mesure où je ne les connais pas. Merci, viande. Cale bien tes fesses sur la banquette, me dis-je, et mange et mange, rien ne plaît davantage à ton amoureux que de te voir mâcher. Aucun complexe. Nous sommes les héros de la solitude. Et puisque le travail continue à couver à l'envers du front de Jim, je vais essayer — mais en vain, telle est la merveille — de dévorer sa pensée. La certitude d'échouer dans ma tentative me saoule. Vive la vie quand elle se révèle mordante et savoureuse, vive le profond velours du vin. Me voici embarquée dans l'espace d'une transe heureuse. La même transe secoue la masse entière des gnomes occupant les lieux. Cous, mâchoires, bras, épaules remontées, mains travailleuses, joie, joie, pleurs de joie.

Assez rêvé ! N'avale pas ta dernière frite de travers, tu risques de mourir étouffée, là, ce qui manquerait de panache. Reprends tes sens. Tu le sais bien tout de même, vu tes expériences, que la créature humaine est un bloc de falsifications gelées, on n'a jamais communiqué avec un seul de ses semblables, tu le sais mieux que personne puisque tu viens tout juste d'identifier deux clients sur le départ : on leur apporte leur vestiaire, ils s'engagent dans la porte-tambour en évitant de t'envoyer de loin un petit signe affectueux, il s'agit d'Esther et Jean, tes procréateurs.

Maman porte son manteau de flanelle grise, papa sa robe de chambre en molleton, pas le moins du monde squelettiques comme lors de leur dernière visite chez moi. (Ce qui était provocant de leur part et d'un goût douteux.) Non, ce soir ils sont je ne dirai pas « bien en chair », ce qui serait exagéré, mais mûrs, c'est-à-dire dans la fleur de l'âge, l'air sérieux, à la façon de deux époux qui viennent tout juste de se disputer, fort, mais avec la discrétion qu'exige un lieu public. À Boitsfort, c'était autre chose : il y avait place pour les insultes les plus abominables, trépignements, aboiements, etc., pourtant ça n'allait pas jusqu'aux coups. La distinction naturelle de l'un et de l'autre les retenait toujours en amont des combats. Oh parents chéris, vous venez de disparaître, avalés par les panneaux mobiles de la porte du restaurant, coincée par la table où Jim sourit en demandant l'addition, il m'aurait été impossible de vous rattraper sur le trottoir. Je me serais jetée à vos genoux en vous suppliant tous les deux d'être a-mou-reux.

Je n'aurais rien fait du tout.

Comme vous, j'aurais feint de ne pas vous reconnaître. Morts ou vivants, nous obéissons aux honnêtes pratiques de la falsification. Et telle est la puissance du mensonge que nous finissons par nous persuader que vous n'avez pas eu de réalité charnelle, nous nous sommes bornés — par intérêt et prudence — à laisser agir à notre place notre imagination : c'est elle qui vous a inventés pour nous torturer, c'est elle qui vous a manipulés. C'est toujours elle qui continuerait à nous manipuler si nous n'y mettions pas un holà d'indignation : nombreux sont les gens qui se laissent prendre au piège sordide de votre soi-disant amour. Pas moi, pas moi, l'amour mort n'est plus l'amour. J'ai su vous échapper ; je me suis arrachée à vous avec la patience d'une reine qui a trouvé son roi.

Comme d'habitude, Jim et moi avons traversé le boulevard pour nous enfoncer dans nos belles rues, aussi nobles et muettes que nous. Si nous sommes toujours ultra-vivants parce que nous avons bien mangé et qu'il fait chaud à l'intérieur de nous, nous chargeons nos doigts entrelacés d'exprimer ce bien-être à notre place, laissant aux cerveaux le pur exercice du bonheur, mon Dieu, que de temps gagné ! Nous nous arrêtons devant la porte de mon immeuble, pas d'erreur, c'est bien ma porte que Jim pousse en allumant le plafonnier du vestibule coquettement repeint, nous nous couchons debout dans le douillet ascenseur rouge à deux places, nous nous y embrassons, déjà nous sortons de cette cage enchantée, et c'est alors seulement que je me trouve en situation pour liquider le problème de mes vieux morts. Ah, je le croyais insoluble ?

Ah, mes morts chéris, je me suis laissé ronger par vous sans vergogne ?

Ah, j'ai permis aux massifs impénétrables des chagrins de m'étouffer pendant des siècles ? Je me suis conduite à votre égard comme une pauvresse, une demeurée mentale, capable seulement de faire de vous des héros ?

Ah, je vous ai fait confiance ?

Ah, vous n'avez pas eu l'honnêteté primaire de m'avertir de vos tactiques de canailles sentimentales ?

Ah, sans Jim, je ne serais plus aujourd'hui qu'un déchet ?

Ah, vous croyez pouvoir vous rengorger, n'est-ce pas ?

Vous êtes perdus. Vous êtes foutus. C'est *vous* qui m'avez oubliée.

6

L'hôtel désaffecté d'en face menace de s'écrouler. Appelés d'urgence en pleine nuit, les pompiers sont venus l'encadrer de poutres de soutien. La rue est barrée. Des passants s'arrêtent pour observer, photographier. Pourra-t-on sauver ce bâtiment qui date du XVIe siècle ou sera-t-il abattu ? Les rumeurs vont leur train. La façade est coupée sur la gauche, verticalement, par une profonde anfractuosité nommée *dent creuse* en architecture. Les anciens cabinets de l'hôtel y sont collés de travers, coiffés d'un petit toit en pente creusé de lucarne ronde ou rectangulaire, et reliés par des gouttières et des tuyaux fantasques. Dès que le soir tombe, une quinzaine de pigeons (selon moi toujours les mêmes) s'abattent sur le plus spacieux de ces petits toits. C'est leur asile de nuit. Chacun occupe sa litière privée sans toucher celle des voisins. Ils doivent sûrement se connaître, bien qu'en apparence rien ne le prouve, sauf ceci : il arrive parfois qu'un mâle essaie brièvement de trousser une femelle agacée, toujours en vain. Presque aussitôt ils s'endorment sur un croûteux tapis de fientes grises, ils ne bougeront plus de toute la nuit, à l'aube la secte de ces rats munis d'ailes reprend vie avant de se disperser ailleurs mais où ? mais où ? mais où ? je roucoule à leur place. Le plus surprenant, c'est que jamais personne ne trouve nulle part un pigeon mort. Ces gens-là sont discrets et pudiques. Leur passage de l'autre côté se fait sans cérémonie : ni tombeau, ni couronne, ni larmes, ni regrets, ni prières, ils laissent derrière eux place nette, nous aurions avantage à suivre leur exemple, nous les humains qui, aussi loin qu'on remonte le courant de l'Histoire, sommes possédés par la religion de nos dépouilles.

Cela dit, je déteste les pigeons, rastas suffisants, profiteurs et stupides, qu'ils soient corsetés de soie changeante aux reflets merveilleux n'arrange rien. Rien n'égale en ridicule leur façon de secouer la tête à petits coups lorsqu'ils se déplacent en piétons poussifs. Je les déteste partout, sauf ceux d'ici pour une raison touchante : ils auraient pu choisir un palais comme résidence, ils se sont contentés de l'hôtel d'en face avec ses murs de torchis et de bois pourri.

Mes clochards ailés n'ont pas bougé d'un millimètre depuis hier soir. Je comprends mal mon besoin de les surveiller. De leur côté ils m'espionnent, c'est sûr, avec une sournoiserie de détective privé. Nous sommes reliés ensemble par des prompteurs de pensées.

Sans doute supposent-ils que je suis désormais leur otage ?

Erreur, erreur, j'ai uniquement la passion de l'obéissance.

— Sachez-le, chétifs enquêteurs, je ne suis pas seule au monde. En cas de besoin, je serai protégée.

— Femelle de mâle, tu as tort de nous sous-estimer. Nous avons bouclé l'analyse de ton cas depuis plusieurs siècles. Nous connaissons tes mœurs dans leur moindre détail. C'est simple, toutes sont centrées sur ton travail, ton âge, tes fatigues, les émerveillements, les doutes et les certitudes de ton amour pour un homme que tu as nommé Jim dans tes romans. En fin de compte, nous sommes excédés par tes perpétuels gémissements de vieille soubrette. Tu te plains, par exemple, de recommencer cinq ou six fois la page écrite hier ? Tu ne manques pas de culot. Tu n'as pas trouvé du premier coup le rythme juste ? Pour qui te prends-tu ? Mes amis et moi nous nous interrogeons sur ta façon d'être. Pourquoi ne suis-tu pas l'exemple de Jim, tourmenté sûrement par des problèmes mille fois plus douloureux que les tiens. Il a de l'allure, lui. L'entends-tu parfois soupirer, geindre ? jamais. Il se tait. Il sourit. Il assume. Toi, au contraire, tu profites du fait que tu es une faible femme, ah ! la soi-disant faiblesse de la femme est une mystification dégradante, ça mériterait d'être examiné de plus près. Bref, tu te réserves sans vergogne le beau rôle dans le scénario, pécore !

La fille aux beaux yeux dorés de chien triste, sortant du parking pour venir à nous avec élégance et vivacité a vraiment dit un certain soir d'il y a deux siècles environ « bonsoir les amoureux ».

Énorme, non ?

Les trois mots à peine respirés sont gravés depuis lors avec une incroyable témérité d'enfance.

Ils forcent nos passés, nos présents, nos futurs à se confondre.

Le Temps ? il n'y a pas de Temps.

Tu te répètes.

Exact. Je me répète.

Jim et moi sommes simplement des navigateurs, audacieux mais prudents, à bord de mille temporalités fuyantes. Aucune d'entre elles n'est superflue. À nous d'en fixer au bon moment les mathématiques. Attention ! Nuance ! Ces temporalités n'ont rien de commun avec une certaine fausse déesse de pure convention nommée Mémoire, celle-ci n'étant que la mère porteuse abusive bourrée de souvenirs. Nous l'avons su d'instinct dès le début, Jim et moi, nous l'avons expulsée d'office. À bas les souvenirs, idéalisés ou diabolisés par cette commère malveillante. Il s'en faudrait d'un rien pour qu'elle empêche l'amour de triompher.

Juste à l'aplomb du petit toit en pente qui réunit chaque soir la bande de pigeons-clochards, une lucarne rectangulaire creusée dans le mur sert de lit conjugal à un couple d'amoureux ailés solitaire. Les premiers se conforment aux législations de la lumière, filant dès l'aube et rentrant au crépuscule. Les amoureux seraient-ils racistes ? ça m'en a tout l'air, ils ont choisi de se désolidariser du troupeau, lequel du reste les ignore aussi. On les prend sans doute pour des princes cherchant à bluffer du fond de la lucarne qui les loge confortablement, alors que les pauvres se contentent de la paillasse d'un asile de nuit. Chut.

« Deux pigeons s'aimaient d'amour tendre. » Ainsi que : « Amants, heureux amants, voulez-vous voyager ? » nous dit le fabuliste. Collés l'un contre l'autre avant de s'endormir, ils méditent sans doute un moment pour mieux mélanger leurs chaleurs qui n'en font bientôt qu'une. Ensuite, l'amant se met à picorer le cou, la gorge, le dessous des ailes de son amante dont la queue en éventail soudain se raidit. Ensuite il accroche le bec de l'amante avec son bec en oblique, le basic instinct entre en action, les têtes bien emboîtées vont et viennent sans se lâcher, les gorges gonflent, le rythme s'accentue, se précipite, voilà, voilà, nous y sommes, maintenant les becs se décrochent, les corps se calment, s'écartent à peine, les têtes s'enfoncent dans l'édredon plumeux de leur ventre.

J'admire aussi la dignité et la pudeur de ces gens-là lorsque sonne l'heure de quitter ce qu'on nomme avec une pompe assez ridicule la vie. J'aimerais qu'il en soit de même dans mon cas quand je serai le cœur d'une fête à l'envers au rituel hideux. J'imagine le champ des visages masquant de vrais ou de faux chagrins, de vrais ou de faux regrets, les mains qui pendent au long du corps, les yeux pleins d'effroi. N'empêche que le même soir, oui, le soir même, ils se rassembleront ailleurs, ils auront faim et soif, ils mangeront de bonnes choses et choqueront leurs verres. Ils commenteront les potins du jour un peu plus bas que d'habitude tout en se retenant de rire. Certains d'entre eux rougiront. Rien n'est plus vivant qu'une tablée de vivants en deuil : je le jure, j'ai vu ça. Depuis mon trou de morte encore fraîche, je leur enverrai des signes de sympathie, et même d'affection. Le sentiront-ils ? Non, sans doute.

Jim m'a demandé si j'étais *bien* sur un ton d'inquiétude que je connais à fond, et c'est nouveau chez lui. Ça se comprend. Il désapprouve mes dérives macabres, qu'elles ne soient que pensées ou écrites. Il a cent fois raison. Le ciel est depuis longtemps notre terrain. Nous refusons les boues de l'enfer. Demande-lui pardon, et vite. Pardon, Jim, de me comporter de temps à autre comme une femme désespérément heureuse.

Que signifie « désespérément » intercalé ici par erreur ? Rien, rien, passons.

Chaque année le jour des Morts, Esther nous conduit rituellement sur la tombe de famille au cimetière d'Ixelles près des grands prés à vaches. Pas de mystère : mes délectations morbides ont pris là leur sens. Le spectacle de ces allées rectilignes de pierres plates serrées les unes contre les autres est d'une rebutante horizontalité. Je n'apprécie que les plans verticaux. Aussi je m'arrête plus volontiers devant les tombeaux bâtis debout, chapelles ou palais miniatures, luxueux abris flanqués de colonnettes en marbre jaspé. Deux ou trois marches d'accueil, un étroit perron, « viens par ici, petite fille, entre, entre, tu seras chez toi », semble murmurer le vent froid.

111

Trahison ! je me cogne le front contre la vitre d'un portail cadenassé. Au fond de l'obscurité poussiéreuse se devine à peine la statue pensive d'un Christ ou d'une Vierge en extase. On s'est foutu de moi. Défense de pénétrer à l'intérieur de ces précieux petits bâtiments privés de toute épaisseur, comme s'ils n'étaient que l'unique feuillet d'un gros livre condamné. Ils ne sont là que pour la montre et la gloriole, étalages cossus, vitrines. Il n'est pas question de prier Dieu au-delà. Car la prière ne peut être qu'un mouvement de vandalisme ouvert, libre et profond. Alors que peut donc signifier leur absurde érection, çà et là, sur la calme étendue d'un champ dallé ?

Rêve comateux pendant la sieste d'hier : je me trouve dans un village qui m'est familier, il a plu des cordes, les chemins sont transformés en canaux boueux où s'enfoncent mes jolis souliers (offerts par Jim à Venise). Une paysanne m'invite à descendre dans sa cave, bourrée de centaines de paires de chaussures. Elle m'en choisit une, style épais bottillons à lacets, qu'elle m'oblige à enfiler par-dessus les miennes, ce qui me contrarie beaucoup : ne serai-je pas grotesque, chaussée ainsi ? Mais tout à coup, détente au fond de mon noir sommeil : je *sens* que je n'ai rien à craindre puisque Jim me tient étroitement embrassée dans le lit.

Je rencontre de moins en moins souvent les disparus qui me tiennent à cœur. Ils ne viennent plus à moi en direct comme ils l'ont fait si longtemps, ils restent plus prudents qu'autrefois, sauf qu'ils ont mis au point un moyen astucieux de contact. Munis d'un petit téléphone portable, ils peuvent m'appeler à n'importe quelle heure du jour ou de la nuit par surprise. Pas un seul d'entre eux ne s'informe si cela me dérange ou non, ils se croient tout permis. Énervée, furieuse même, que je sois endormie ou non je leur crie : Eh bien quoi, espèce de morts à la manque, êtes-vous si pressés de me revoir ? Je vous prie de me laisser tranquille, chacun de nous doit rester à sa place. Mon activité vaut bien la vôtre, n'est-ce pas ? Il est urgent que je termine le manuscrit en cours et que j'envisage déjà les deux ou trois autres qui suivront. Je vous conseille par conséquent de cesser vos filatures policières. Je me passe volontiers de vous. En fait, je sais fort bien pourquoi vous me poursuivez : tous tant que vous êtes, vous êtes jaloux de moi, vous vous comportez en exclus, inadaptés, inquisiteurs maladroits, ce qui explique votre caricatural besoin de bougeotte. Vous détestez les lieux mornes où l'on vous a planqués d'office pour la bonne raison que vous n'avez plus le droit d'y exercer un quelconque effort de création.

J'enchaîne : à quel type de création pensez-vous, troupeau d'imbéciles ? Et eux de répondre en chœur :

Peinture, modelage, architecture, et pourquoi pas l'écriture ?

Nous sommes au cœur de la question. Vous estimez scandaleux le fait que Jim et moi, amoureux bien joyeux s'il en est, osent le privilège de se réaliser grâce aux mots, l'écriture aux mille tours, l'écriture aux mille sortilèges. Vous vous calmerez sans doute, mes chers morts, quand vous saurez que la majorité de nos semblables vivants vous ressemble comme des jumeaux.

Nuit volante, nuit tournante, nuit planante.

« Joie, pleurs de joie », aurais-je aimé écrire aussi.

Je me retourne entre les draps. Si Jim est là, je lui mets un baiser dans le cou.

Sinon j'embrasse le traversin.

Jim a maté le Temps, devenu à la longue son serviteur, ou tout au moins un compère utile. À l'occasion, il lui refile un pourboire, soit par générosité soit par mépris, cela dépend des circonstances.

Le tuyau d'évacuation de la baignoire est pourri, l'inondation menace, le plombier qui débarque à l'aube est un petit Portugais vif et râblé. Au milieu de ses caisses d'outillage il se met au travail pendant que je me concentre sur le mien, en toute collaboration d'harmonie indifférente.

Infernal enfer de l'appareil à souder. Entre deux pauses, l'homme siffle un petit air très doucement ; comme s'il rêvait, animé peut-être — qui sait ? — par une certaine source d'inspiration similaire à la mienne. Il ignore à quel point je le trouve *bienfaisant* pendant que je l'écoute manipuler son matériel, aller de la salle de bains à la cuisine sans prononcer un mot, discret, patient, absorbé. Il m'aide. Grâce à lui, je retrouve les réserves de courage physique et moral qui m'avaient permis de supporter les horreurs de la rénovation de mon bel immeuble il y a quelques années.

Il m'aide aussi à mieux penser à Jim qui travaille aussi là-bas chez lui. Il m'aide par-dessus tout à vérifier que l'amour est un état de grâce permanent qu'aucun événement, petit ou grand, ne peut troubler, c'est-à-dire l'envers parfait de toute sentimentalité. Réparation terminée. L'ouvrier s'en va comme il est venu, humble sorcier majeur.

Jim est un homme exquis et grandiose. Je suis fière d'avoir mis ensemble ces deux adjectifs, il en sort une petite musique tout à fait mystérieuse dans la mesure où l'on n'imagine pas, a priori, qu'*exquis* et *grandiose* puissent sonner juste. J'en suis même si ravie que je m'amuse à les répéter ici ou là, en toute simplicité agressive, pour surprendre tel ou tel tiers qui ne serait pas d'accord. Légers raidissements d'épaules, subtile asthénie des regards, fronts soucieux, joues navrées, nez plongeants, lèvres pincées, en bref l'éventail complet de tous les refoulements du déplaisir. Comment admettre le poids d'un corps incontournable ? Jim surgit où qu'il soit, ample et masqué, ouvert au contact, détaché, résolument attentif. Choc de sa présence alors qu'il est tout à fait ailleurs, à l'autre extrémité de sa pensée. Il répond aux questions avec une générosité tranchante. C'est dur, n'est-ce pas ? Supporter qu'il soit *là* exige un effort surhumain. Que faire d'autre ? On le subit, on l'écoute, on le regarde, on le lit, on l'accepte ou le refuse, et qu'est-ce que ça donne en fin de compte ? Rien. Jim reste insaisissable, poli, sérieux, gai, aussi suspect qu'un avaleur de feu, aussi éclatant qu'un moine découvrant le soleil au sortir de sa cellule.

Rêve pendant la sieste : nous nous trouvons dans un riche bâtiment officiel avec beaucoup de monde. Très en verve, Jim donne à l'assistance un extraordinaire spectacle, moitié-discours moitié-danse, qui déclenche l'hilarité. Je ris au point que je me sens rire à travers mon sommeil, j'admire la maîtrise, la fantaisie folle de cet homme qui parle, bondit dans tous les sens avec la force gracieuse d'un athlète.

Autre rêve qui me laisse le souvenir d'un bien-être ravissant. Jim et moi sommes assis côte à côte dans un lit en compagnie d'une très belle jeune fille. Nous avons passé la nuit ensemble, heureux et reposés. Jim est installé entre elle et moi. Elle est enfantine, sensuelle et voluptueuse et ne nous prête aucune attention : au milieu des draps mousseux et chiffonnés elle met de l'ordre dans une petite corbeille pleine de jolies choses qu'elle tient entre ses genoux, tantôt elle la remplit et tantôt la vide comme à la recherche d'un trésor privé, bijoux ou dentelles, de la soie, des gants, de la lingerie, etc. Les cheveux blonds défaits ne laissent visible que son profil sérieux, le front buté, la bouche boudeuse, il est évident qu'elle n'a pas trouvé ce qu'elle veut. La fraîcheur de cette extravagante petite inconnue est contagieuse. Je ne suis pas jalouse, surprise seulement et peut-être inquiète, que vient faire ici cette enfant aux jolis ongles nacrés ? Jim serre mon bras de plus en plus fort, je me réveille en sursaut.

Gloire à nous.

Jim rentre demain de sa longue absence.

Jim est rentré.

Tous les gens heureux sont des fées. Ou des saints. Ou les deux à la fois.

Envie de travailler plus et mieux. Bain très chaud. Pas de vertiges, mon corps me fout la paix, je suis de nouveau jeune et belle, mon cerveau est rempli de lucioles. Leur mission est d'éclairer l'étrange lanterne d'os qui les abrite.

Depuis ces derniers temps mes lucioles avaient tendance à trop dormir. C'était la nuit noire au-dedans, l'opacité étouffante au-dehors, les coupures de respiration ralentissant mon besoin d'aller jusqu'au bout.

Et voici que ce matin même, avec une brusquerie inexplicable, les lucio-bestioles se sont réveillées toutes à la fois. Elles me sortent par les yeux, les narines, les oreilles. Leur jaillissement illumine mon chemin de taupe aveugle. J'ai la certitude à présent que j'arriverai au terme de ce journal d'amour fou écrit en sous-sol. J'en connais chaque relais, détour, contour, retour et retard, il me suffit simplement d'en rendre compte point par point avec honnêteté. À mesure, je peux analyser, vérifier, creuser, devenir moi-même — par la force des choses — un socle de vérité.

Le plus dur, c'est que j'ai souvent besoin d'aide. Dès que l'une ou l'autre se présente à moi, pas d'hésitation, il est urgent de la saisir au vol.

118

C'est un soir du dernier automne dans la ville étrangère, Jim et moi occupons notre banc préféré, proche de l'église aux flancs lumineux, hauts et raides. Nous attendons que les cloches frappent et cognent par deux fois les neuf coups d'avant la nuit. Jim a posé sa jambe au travers de mes genoux. Après avoir dilaté l'espace, les neuf brasiers sonores vont-ils enfin pleuvoir ? Jamais nous n'avons surpris de leur part la moindre erreur de calcul.

On pourrait croire que j'invente. Mais non. Juste au tournant carré de la place surgit un vol de religieuses vêtues de blanc. Elles se parlent bas, elles vont traverser la place en diagonale, elles sont vives et sérieuses, elles gardent les yeux baissés en passant à côté de nous, sauf la plus jeune d'entre elles dont nous remarquons l'allure martiale et les souliers noirs brillants. La voilà qui nous dépêche en oblique un soùrire instantané à la fois très pur et très impur, un sourire entendu qui ne dit rien comme si nous nous connaissions depuis toujours, et c'est dans le même flash d'entre-seconde : je lui envoie un baiser du bout des doigts.

— Tu sens le quai, dit Jim à l'instant où je reviens dans la chambre.

Synthèse éclair de la ville qui nous veut du bien : elle est devenue notre lieu d'élection, toutes saisons confondues ou diversifiées, c'est

selon, Giudecca de jour ou de nuit, verts mille fois
nuancés de l'eau tantôt calme tantôt violente.
Odeurs. Sons. Mouvements. Ordre. Désordre.
Apparente anarchie des sensations. Discipline
extravagante au contraire de ce que nous offre,
jour et nuit, sur un plat d'or, le Grand Tout. Nous
n'avons qu'à saisir, manger, boire, toucher,
entendre instant après instant, sans la moindre
pause. Aucun repos envisageable. Royauté d'un
temps perdu qui passe et passe, construisant et
détruisant tout derrière lui, construisant et détruisant tout devant. Ciel floconneux d'abord, blanc
et rond, paisible comme un paysage de Watteau
ou de Fragonard. Sombre ensuite à l'ouest, lourd,
menaçant. Subit coup de vent affolé, ballet désor-
donné des feuilles en tourbillon. Rentrée dans la
chambre, volets fermés, toilette de nuit, lumières
éteintes, sommeils verticaux. Levée d'un jour tout
neuf. Vent d'est enragé. Chevelures, vestes, man-
teaux agités comme des ailes. Passants congelés,
ratatinés par le froid mais défoncés par un soleil
de tempête. Est-ce que tu m'aimeras toujours ?
chuchote Jim sans lever la tête de sa table de travail. Le soleil nous bombarde par les trois
fenêtres. Bien sûr que je t'aimerai toujours. Il faut
être idiot pour mourir, ce jeu stupide ne concerne
que les idiots ou les incapables. Nous travaillons
dos à dos, Jim à sa table de l'est, moi à la mienne
à l'ouest : situation double — physique et mentale

120

— qui nous gorge de bien-être, d'énergie, de triomphe.

Traversée en vitesse de l'église. Pizza dentro. Air glacé très sec. Nuit. Jim ouvre grande la fenêtre. Au plafond, long corps lumineux très blanc. Une figure de Picasso, un don Quichotte armé d'une épée ou d'un grand sabre, dis-je à Jim qui répond « Pourquoi pas ? » Chacun s'invente une incommunicable vision. Aube. Réveil. Angoisse. Son nouveau livre est sur le point de paraître. « Ne seras-tu pas dévoré par la Société du Spectacle malgré tes réserves de résistance ? » « Attends que je t'explique, assieds-toi sur ton lit », dit-il après le petit déjeuner. Il est soudain plus volumineux, plus dense, tandis qu'il reprend une fois encore son topo d'arsenal défensif vieux de quarante siècles.

Combattre le Complot. Toutes les tactiques sont bonnes pour assassiner un par un les agents secrets du Complot. Les massacrer ouvertement ici, en douceur voilée là. L'ennemi, planqué partout, étant démultiplié à l'infini par ses doublures de mensonges répercutés, trahisons, dérobades, faux accords, hésitations, parades haineuses. Je l'aime aussi pour tout cela qui me le fait aimer davantage et mieux.

7

Cris noirs cadencés de la corneille perchée sur une antenne, là, un peu plus loin. Bec béant et cou tendu, avec effets de manches de haut magistrat sans scrupule elle profère « que croire ? que croire ? que croire ? », je la hais, de quel droit, de quel droit, de quel droit se permet-elle d'interroger l'air du jour au nom de la justice ? Si Jim était là, il serait aussi furieux que moi, sinon plus : il est l'homme le plus intègre que j'aie jamais connu. Écoutons aussi en riant la réplique en roucoulis précieux (peut-être homosexuels) des deux gros pigeons chamarrés descendus se poursuivre tout au long de ma corniche, répétant « be cool, be cool, be cool » avec un accent nuancé d'Oxford. Façon de sympathiser avec moi du reste. Eux détestent aussi le refrain défaitiste et grossier de la corneille, ils sont si richement vêtus qu'on ne peut douter de leur appétit de vivre bien, et longtemps encore, le plus longtemps possible même, comme j'en ai pris le parti par amour.

L'enchaînement vagabond de ma pensée se fait tout seul, sans que j'aie à intervenir. Mon repos est assuré pour un moment.

L'hôtel désaffecté d'en face est aujourd'hui au bord de l'effondrement, tout le quartier s'inquiète, les gens s'arrêtent pour observer les flancs dont chaque déchirure est contrôlée par ce qu'on nomme un « témoin », et les fissures se creusent de jour en jour. On paraît attendre le lever de rideau d'un spectacle ludique fracassant. On les comprend. Moi-même penchée à ma fenêtre-accoudoir, je surveille la progression de l'agonie de ce superbe géant de torchis et de bois datant de la fin du XVIᵉ siècle. Serai-je encore là le jour de son brutal écroulement ? J'en doute un peu, mais à peine. Bref.

Autre événement depuis quelques mois : les pigeons-clochards ont abandonné l'asile de nuit du petit toit en pente au flanc de la « dent creuse » ; ce qui est plus grave et significatif : le couple d'amoureux dormant et s'aimant chaque soir au fond de la lucarne rectangulaire qui leur servait de lit conjugal a disparu aussi. Ne reste que la nasse grise et sèche de leurs fientes. Ont-ils seulement changé de domicile ? ou bien leur départ marque-t-il une rupture ? La question me tourmente. Comment peut-on concevoir sans trembler de peur et d'amertume la fin d'un grand amour ?

Tout mais pas ça, ah non, tout mais pas ça !

Le couple a jugé prudent de déménager. Il se savait menacé à court terme. Le flair des animaux est mille fois plus raffiné que celui des hommes (quelles brutes !), qu'il s'agisse de bonheur ou de drame, de jouissance ou de supplice.

Tu as suffisamment dormi debout comme ça, ma chère, tu risques de ne plus te réveiller, me dis-je.

Jim et moi avons dîné dehors pour la cent mil-lième fois, sinon plus.

À pas vifs et rythmés nous plongeons dans la longue rue droite que nous aimons tant car elle nous conduit à la maison. Chose curieuse : nous n'avons nullement l'impression de nous déplacer. Nos corps sont fixes, plantés dans le sol depuis longtemps, comparables peut-être à des arbres enchantés. L'initiative du mouvement est confiée aux beaux hôtels glissant en arrière de part et d'autre, et c'est on ne peut plus libérateur. Ma main gauche chauffée par la main droite de Jim est le gouvernail du bateau tranquille chargé de nous emmener là où il faut. Ainsi sommes-nous pour un moment encore des figures glorieuses ignorant les basses responsabilités.

Découverte de taille : nous ne sommes pas simplement deux individualités en marche, mais quatre. Jim est flanqué sur sa gauche par son enfance. Et moi je suis flanquée sur ma droite par la mienne. Intéressant quadrige évoquant ce que nous étions, ce que nous sommes, ce que nous serons pour quelques siècles encore, nous y tenons beaucoup, je ne vois pas comment et pourquoi nos enfances consentiraient soudain à nous abandonner. Elles sont flattées, elles sont heureuses d'être nos suppléants organiques. Nous nous faisons du bien sans réclamer quoi que ce soit d'elles, leur fonction est de nous assurer l'exercice du silence et du rire.

Là encore, il ne s'agit pas d'un flottement d'idée mais de la réalité la plus sèche, un strict effet de sensation. À quoi se borne l'amour ? Rire ensemble, respirer ensemble l'odeur d'enfance de l'autre. Il faut avoir du nez pour en arriver là.

Plus vite, toujours plus vite, ma chère, si tu ne veux pas manquer l'essentiel du « bonsoir les amoureux » lâché un soir, sur un ton de légèreté distraite par cette belle jeune femme aux yeux tristes.

La grande pièce, plus claire et plus luisante que d'habitude, aime nous accueillir. Nous nous débarrassons de notre dehors pour mieux nous concentrer. Chaque détail a de l'importance.

Jim étale sur mon bureau son arsenal guerrier : bouquins, épreuves, manuscrits, quatre stylos (coloris différents, marque unique, chacun son grade, cigarettes et briquet). Lampe et cendrier rapprochés. Et pousse le bouton de la radio, cherche et trouve la bonne source. Ou bien il met un disque en route après l'avoir épousseté d'un coup de coude.

Le lynx est aux aguets.

Sous les paupières baissées sort une double lame trouant les pages d'un livre et d'un carnet.

Feuillets tournés avec douceur dans un sens puis dans l'autre.

Main droite noteuse : belle, veinée, bonne.

Relief sourcilleux du front.

Oreille ourlée rose vif en forme de conque marine. Goulue mais parfaitement neutre, elle se laisse avaler par son jeu d'écoute. La musique s'y précipite en tourbillons.

Jim poursuit sa lecture ou ses annotations comme si de rien n'était, laissant toute liberté aux rushes sonores qui s'enroulent quelque part dans les profondeurs du crâne.

Rien ne me permet d'imaginer que Jim vient de se transformer en puits d'écoute alors que sa main droite continue sur le papier son voyage d'encre bleue. Pourtant c'est cela.

Toutes les musiques. Jim les connaît par cœur. Elles reposent en lui comme des palais de mémoires, des cités, des continents, des pays. Même phénomène quand il boit un grand vin : il peut se consacrer pleinement à chacun de ses palais sonores qu'il tire à la surface, qu'il pousse dans tous les sens : ils ont besoin de lui pour faire éclater au grand jour, une fois de plus, leur immortalité.

Ça devient alors très beau. Un vrai spectacle.

De son bras gauche étendu, il bat l'air en cadence comme s'il combattait une marée montante, tantôt avec légèreté tantôt avec véhémence. Musique.

Il n'en quitte pas pour autant la creuse intimité du livre et du carnet.

La musique, cette sorcière, enfle, déborde, explose en saturant la grande pièce.

Cependant, bien qu'attaquée de toutes parts, elle semble exiger le secours d'un chef.

Un chef ? Jim est là. Il saisit délibérément le bâton imaginaire, la tête un peu rentrée dans les épaules, le regard en feu. Son nouveau royaume l'attend.

Il se veut exceptionnel. Son ambition l'oblige à marquer chaque accord dont il admet implicitement la folie ou la raison, davantage la folie que la raison.

S'il obéit au doigt et à l'œil à la meute des instruments, il les sert tout en les frappant de ses ordres les plus furieux.

Il sourit comme en rêve. Il est perpétuellement heureux et fier d'avoir su maîtriser les intuitions d'un compositeur de génie.

Il continue à fouetter la houle d'un opéra qui se dévergonde en avant de lui, ou bien d'un concerto qui gémit ou frissonne en mineur, ou d'une symphonie aux architectures massives.

Il est le maître de tous les maîtres.

Parfois, comme saisi au vol par une inspiration clandestine non programmée, le voilà qui lâche le corps de son orchestre, il se redresse pour m'envoyer à moi, subjuguée, une œillade complice.

— Chut, fait-il en posant doucement l'index sur ses lèvres, silence, femme, borne-toi à tendre l'oreille, ouvre-toi, devine l'approche du cyclone que j'ai la bonté de préparer, écoute, écoute le suspense d'une certaine vague, il ne faut pas manquer ça, je suis ici pour la foudroyer.

Voilà. Nous y sommes.

Rêve de la nuit suivante : je suis couchée au milieu d'une grande prairie comme on en voit en Hollande, pays de mes ancêtres. Un jeune cheval s'approche au galop puis s'arrête juste à côté de moi en secouant sa crinière pour loger son mufle humide et chaud dans le creux de ma main. Il doit s'y plaire. Il y reste un long moment.

Les quatre premiers mots italiens que j'ai retenus, dès le premier séjour à Venise, ont été *temporale*, *fulmine*, *nubifragio*, *terramoto*, j'ignore pour quelle raison précise. Encore aujourd'hui, je me les répète, soit en moi-même soit à voix haute, rien que pour le plaisir d'avoir peur. J'aime la sonorité de leurs syllabes et par-dessus tout leur baroquisme brutal, mouvant, salubre, qui me fait penser davantage à des sculptures qu'à de simples mots. Dès qu'ils me sortent de la bouche, ils reprennent les reliefs en ronde bosse de certaines figurines en bronze patiné par le temps. Je voudrais les caresser d'abord pour cela. Il m'a toujours semblé que ces quatre mots-là ont été mystérieusement choisis dans la multitude presque infinie d'un langage, ou plutôt d'une langue. Ils ont vécu avec plus de profondeur. Ils ont été touchés par une force ou une délicatesse particulière. Ils sont là, debout, comme quatre petits hommes chargés d'exprimer la violence, la terreur, la tentation de s'abandonner au malheur. Par chance, on les a modelés dans un sombre métal ambré qui les protège et finit toujours par les sauver. Je m'interroge : pourquoi *temporale*, *fulmine*, *nubifragio*, *terramoto* parmi des milliers d'autres qui sont tout aussi beaux d'apparence ? Je me réponds invariablement : *parce que.*

Et quand je décide — cela m'arrive — de creuser mieux et de serrer au plus près, tout s'éclaire : j'ai fait personnellement l'expérience de chacun d'eux. J'ai traversé *temporale*, j'ai vu *fulmine* éclater à mes pieds, un *terramoto* m'a renversée, j'ai failli mourir dans les eaux furieuses d'un *nubifragio* sans recours. En fin de compte, je suis sortie indemne de ce qu'il faut bien appeler un complot. Pourquoi ceux-là m'ont-ils graciée ? parce que je le mérite et qu'ils ont fini par m'aimer pour cet unique motif. Quatre mots ordinaires, petits corps de bronze immémoriaux, ce qui signifie en réalité : un qua-druple dieu de l'amour et de la paix.

Qu'est-ce que ça peut être pour l'homme, l'absolue nécessité du sommeil ? Le fait est évi-dent : un homme qui ne dort pas est un homme mort.

Il est possible, sinon probable (sinon sûr), qu'il s'agit d'un irrésistible besoin de « retomber en enfance » dit-on vulgairement sans prendre le temps d'analyser. En fait, c'est s'arracher du corps un pan de nostalgie qui préserve, sauve et purifie. Impossible d'admettre une explication raison-nable. On n'en veut pas d'ailleurs, on s'en passe.

Jim s'endort, la tête enfouie dans le traversin. Il a plongé. L'oreiller a pris son oreille en otage. Entre l'oreille du dormeur et l'oreiller s'établit un courant secret ne souffrant aucune enquête venue du monde extérieur. Je me penche au-dessus de Jim, la chaleur de sa tête a beau m'envelopper, la porte verrouillée à triple tour qui nous sépare ne laisse rien filtrer de ce qui se passe de l'autre côté. C'est aberrant. C'est magnifique. Ces ténèbres-là prouvent que cet homme et moi sommes liés par une force divine, Dieu, appelons-le de temps en temps par son nom, c'est bon pour lui et c'est bon pour nous, il se contente d'*être*, ce n'est pas si mal après tout. Et je m'y suis faite sans trop de difficultés après avoir traversé, avouons-le, des crises d'hésitation, de regrets ambitieux. Je m'interrogeais : regarder dormir l'homme que j'aime sans avoir le droit de faire sauter les verrous de sa retraite, c'est le perdre momentanément, donc c'est scandaleux. Aujourd'hui retournement d'opinion ; si l'on m'autorisait à trouer l'oreille de Jim endormi pour atteindre les plis des replis les plus raffinés d'un cerveau qui travaille en rêvant, qui rêve en travaillant, prisonnier de sa propre source de lumière, je mourrais, étouffée sur-le-champ par la violence de ma faute. Dors, Jim. Pour être plus juste : continue à te taire. J'aime autant le caveau de ta pensée que la fraîcheur de ton sourire lorsque, tout à coup, se rouvrent tes yeux. Nous sommes quittes l'un de l'autre. Tu te lèves d'un bond. Bonheur.

Cinq goélands posés côte à côte sur le pont de la *Risorta*, une des péniches amarrées au bord du canal. Étrangeté d'un corps d'oiseau sauvage : rondeur plumeuse, petite tête mobile, œil fixe, le bec et son accent de férocité, couteau ancré à même la gorge si blanche. Et les pattes aussi, dureté d'instruments d'attaque et de défense incessamment prêts à se battre à mort. Je les regarde, c'est important, je suis obligée de les inclure dans mon récit, c'est moi qui décide. De temps en temps, l'oiseau se fourre le bec un peu partout, sur la nuque ou le cou, soulevant une aile ou la queue, la souplesse de son corps bien nourri est celle d'un acrobate mettant au point un numéro de cirque inédit.

Être un goéland au lieu d'être une femme, voilà qui m'aurait épargné beaucoup d'efforts avant d'atteindre le meilleur de moi-même.

Ça y est, je la tiens, la fin de mon histoire. J'ai souvent cru que je n'y arriverais pas. Plusieurs tables de travail m'attendent un peu partout. Allons-y. Je me trouve chaque matin ici devant mon bureau, là-bas sur le ponton au bord de l'eau, et le soir sur le banc près de l'église aux neuf coups. Mais en simultané au fond de la brasserie du carrefour voisin à l'heure de midi. Le jour tourne. Jim est ailleurs. Je suis une femme répandue. Personne n'a remarqué ma présence. C'est cela dont j'ai besoin. Alors j'ai la sensation quasi physique d'être un point nul au creux d'un espace infini circulaire, comme autrefois sur une plage de la mer du Nord. Avec plus ou moins de violence s'approche le haut front écumeux des vagues que j'entends déferler puis ramper jusqu'à mes pieds. La plage est soyeuse et ma page sera bonne.

Que peuvent bien se raconter les trois femmes assises un peu plus loin ? Leurs fronts se touchent presque, chignons en désordre, épaules remontées, elles secouent leurs vilaines petites têtes en signe de hargne complice, il est évident qu'elles se sont donné rendez-vous pour manger de l'homme cru.

Ici :

Une fille d'environ vingt ans correctement vêtue traverse le carrefour ; son infirmité fait se retourner tous les passants : à chaque pas elle est obligée de plier violemment et mécaniquement le genou droit, visage renversé en arrière comme en extase neutre, les yeux révulsés, la bouche entrouverte. Mais dès qu'elle rencontre l'obstacle d'un trottoir ou d'une rue à traverser, son regard retrouve l'axe de vision normal. Ce monstre absent, lisse et frais, rejoint la bouche du métro pour en descendre les marches avec une stupéfiante rapidité, le genou droit souple à présent et les yeux ouverts centrés normalement.

Là-bas :

Assise sur un banc de la place San Agnese, une fillette lit à haute voix un conte à sa grand-mère qui l'écoute en raccommodant du linge.

Là-bas, encore :

Le dos de Jim travaillant. Bruits presque indistincts, papiers froissés ou déchirés, grincements de la chaise, clic, clic et clic de chaque stylo ouvert puis fermé, chacun a sa fonction. Choc du cendrier ou du verre. Éternuements. Toux légère. Frottements de feuillets sur la table. Tiroir ouvert, tiroir fermé. Mille insectes sonores se chargent de marquer l'intense matité du silence.

Ici, de nouveau :

Hôtel pourri d'en face condamné au supplice de la crucifixion. Des poutres de bois cru sont clouées de haut en bas pour soutenir son agonie saignante. Pigeons chassés des vieux asiles. Y compris le couple des amoureux. Ces sales bêtes s'en fichent. Je vois circuler hystériquement d'éternels insatisfaits, cherchant n'importe où ailleurs de nouveaux creux de protection, une antenne, une cheminée, une corniche, l'embrasure d'une fenêtre.

Abominable inutilité de ces porcs volants.

— Le bois, dit Jim ce soir.

Il répète « le bois, le bois » sur un ton de surprise émue.

Il y a du plaisir dans sa voix, une sorte de respect moelleux.

Il caresse vivement mon bureau, les accoudoirs du fauteuil. Il veut me communiquer sa passion pour le bois relié aux sources de son enfance et de la mienne aussi.

L'entrée du bois de la Cambre, les bancs rugueux, les fouillis ombreux de la forêt de Soignes, les armoiries d'or blond gainant le tronc des platanes, semblables à ceux de Venise ou d'ici.

Les arbres : colonnes de chair au sang brut que manipuleront tôt ou tard les artisans enchantés.

Pour quelle raison sommes-nous plus heureux encore que nous ne l'avons jamais été ? Aucune explication logique, sauf que le printemps d'aujourd'hui entre dans sa phase de tiédeur. Les murs de la grande pièce ont été nourris tout le jour par le soleil. La fenêtre est restée ouverte pendant le dîner.

Comme il l'a fait des milliers de fois au cours de nos quarante siècles, Jim s'occupe de servir le vin, son vin, j'insiste, *son vin* n'est pas n'importe quel vin.

Le sang pourpre et brillant monte et descend dans nos verres avant de passer en nous.

Son feu tranquille, occupant d'abord la tête et la gorge, est une sorte de question qu'il nous pose.

Et nous lui répondons aussitôt : nos épaules s'élargissent comme si leur poussaient des ailes.

Nous voici soudain aimantés par le vin bu qui nous expulse hors de nous-mêmes. Nous nous répandons avec effervescence à travers la grande pièce. Jim s'est mis torse nu.

Effervescence. C'est le mot juste. « État d'échauffement, de bouillonnement comparé à l'effervescence chimique » (Littré).

« Toute cette colère était enfantine et lui faisait dire des choses que le marquis ne dirait pas… cela s'appelle donc (comment dites-vous, ma fille ?) des effervescences d'humeurs ; voilà un mot dont je n'avais jamais entendu parler ; mais il est de votre père Descartes ; je l'honore à cause de vous », écrit Mme de Sévigné.

Les murs étincellent, imbibés d'effervescences. L'air vibre. C'est beau. Moment délicat. La musique éclate en ronflant avec plus d'ampleur. Musique et vin. C'est décisif : deux grands corps informels fusionnent, chacun à sa manière, en costume de fête. Il s'agit d'un vrai tourbillon de carnaval, joyeux, insolent, libéré, voluptueux, mordant, libertin. Mozart-Chérubin en pourpoint de velours, de soie et de dentelles, pique une tête au cœur même du vin de bordeaux. La musique n'est plus un simple agent d'écoute : elle a décidé de se laisser boire. Et le vin de son côté veut s'écouter, s'entendre, se comprendre, se traduire, exulter.

Quarante siècles viennent ainsi d'exploser en se réduisant aux dimensions de quatre dixièmes d'une seconde unique.

La dernière goutte hésite à se détacher du col de la bouteille que Jim tient renversée au-dessus de mon verre. Elle tombe.

— Rrrra, tu as gagné trois millions de dollars, dit-il.

— Ils sont à toi.

Toujours emmêlés sous les tentures de la musique poursuivant sa glorieuse action que l'amour a ventilée, nous retrouvons par gradations prudentes et repues l'équilibre de nos vases communicants. Je sais de source sûre que ma pensée-éclair le traverse aussi :

La mort est une faute de goût. Nous en sommes convaincus.

Attends encore un peu, mort. Ta vulgarité nous scandalise. Je n'ai pas envie de croire en toi. Cachée dans les coulisses de mon petit théâtre personnel, tu n'y es qu'un personnage falot irrespectueux, éternel chasseur aux ambitions inassouvies. Tu es maigre et molle.

— Bonsoir les amoureux, murmure avec avidité la belle jeune femme aux yeux tristes en sortant du parking d'à côté.

Adieu, mort. Les amoureux sont inventés pour te renier. Sois raisonnable. Fous le camp. Ils ont gagné leur pari, eux.

Regarde Jim, nom de Dieu. Il est incontournable. Il soulève, domine, écrase, intrigue, aimante, révolte, coupe, ravit, énerve, impatiente et fait grincer les dents. Il est là, partout.

Trop tard, vieille mort, tu n'auras pas cet homme. Son travail n'a jamais cessé de mettre le feu à ta carcasse abjecte. Sa fidélité (passé, présent, avenir inclus) lui accorde un sauf-conduit surnaturel ouvrant dès maintenant d'innombrables portes de sortie.

Le jour se lève à peine. Soudain deux oiseaux traversent avec aisance la grande pièce tout comme s'ils volaient à l'air libre. Ils virent sur l'aile en planant jusqu'au-dessus de ma tête en recommençant le même tour. Je me pince. Ce ne sont pas des oiseaux ordinaires, leur plumage étincelle, émaillé de pierres précieuses. Est-ce un rêve ? Je ferme violemment les yeux, je les rouvre, ils ne sont plus là. Je suis formelle : je n'ai pas rêvé. Je raconte ma vision à Jim au téléphone. Ça semble l'intéresser. « Gros comment, tes oiseaux ? » J'hésite à répondre. « Comme des mouettes ? » Oui, oui, c'est exactement cela : comme des mouettes.

DU MÊME AUTEUR

Aux Éditions Gallimard

L'ÉPOUVANTAIL, *comédie dramatique,* 1957.

TRENTE ANS D'AMOUR FOU, *roman,* 1988.

VINGT CHAMBRES D'HÔTEL, 1990.

LES MARAIS, *roman,* 1991 (*Denoël,* 1942).

DEUX FEMMES UN SOIR, *roman,* 1992, Folio n° 2685.

LE JARDIN D'AGRÉMENT, *roman,* 1994.

L'ACCOUDOIR, *roman,* 1996.

LA RÉNOVATION, *roman,* 1998, Folio n° 3293.

JOURNAL AMOUREUX, *roman,* 2000, Folio n° 3525.

Aux Éditions Denoël

ANNE LA BIEN-AIMÉE, 1944.

LES DEUX SŒURS, 1946.

MOI QUI NE SUIS QU'AMOUR, 1948.

LES ENFANTS PERDUS, *nouvelles,* 1952.

LE GARDIEN, 1955.

ARTÉMIS, 1958.

LE LIT, 1960, Folio n° 190.

LE FOR INTÉRIEUR, 1963.

LA MAISON LA FORÊT, 1965.

MAINTENANT, 1967.

LE CORPS, 1971.

LES ÉCLAIRS, 1971.

LETTRE AU VIEIL HOMME, 1973.

DEUX, 1975.

DULLE GRIET, 1977.
L'INFINI CHEZ SOI, 1980.
LE GÂTEAU DES MORTS, 1982.
LA VOYAGEUSE, 1984.
L'ENFANT-ROI, 1986.

Aux Éditions La Différence

LES GÉRANIUMS, *nouvelles*, 1993.

Aux Éditions Ramsay et Ramsay de Cortanze

L'ENRAGÉ, 1978.
BRUGES LA VIVE, *récit*, 1990.
UN CONVOI D'OR DANS LE VACARME DU TEMPS, *essai*, 1991.

Aux Éditions du Seuil

L'OMBRE SUIT LE CORPS, 1950.
LE SOUFFLE, 1952.

Composition Floch.
Impression Bussière à Saint-Amand (Cher),
le 13 février 2006.
Dépôt légal : février 2006.
1ᵉʳ dépôt légal dans la collection : avril 2001.
Numéro d'imprimeur : 60293.
ISBN 2-07-041793-X./Imprimé en France.

142284